天人之際

薛仁明讀史記 貳

薛仁明——著

自序

這是我在台北書院「天人之際——《史記》裡的天心與人意」的講課紀錄。

此書的作者介紹，一開始，我自述是個「作者、講者、行者」。其中，「行者」是根本；我是個中國文化的踐行者，不是空談概念的書齋學者；因為踐行，所以深受其益，所以在島內一片浮躁之下依然可以安然自在。除此之外，自從民國九十九年辭掉學校工作以後，我原先以寫作為主，是個「作者」；而今改以講課為多，是位「講者」。（若用成都一個學生的話來說：薛老師現在講課之處、範圍之廣，簡直是海峽兩岸、大江南北、長城內外！）從「作者」轉成「講者」，箇中嚆矢，就是我在台北書院開設的這門課。

寫文章與講課，是兩件很不一樣的事。文章一重條理清晰、脈絡分明，二重文字凝鍊、平仄順氣。至於講課，更在意的，則是生動流暢與當下應機；換句話說，講課更流動、更發散也更容易「跑題」。

我上課經常「跑題」。這是缺點，也是優點。我不做學術工作，關心的是經典的當下對應；正因如此，我的「跑題」也可以是對應當下之「切題」。我講《史記》，無非是希望透過劉邦、張良與司馬遷等人的生命高度，讓大家更清晰地照見我們的時代與我們自身，從而找到每個人可以有的當下安然。

感謝責任編輯舜文所費的心思，也感謝董陽孜老師的惠予題字。

民國一百零五年，歲次丙申，時近端午，薛仁明於台東池上

目錄

第三堂……111

第四堂

第五堂 215

第一堂

第一堂課，剛剛看了看，在座除了我的老朋友建中歷史老師戴老師還有台大的中文所博士吳孟謙之外，比較沒看到所謂的「圈內人」。如果大部分的學員都跟「專業」的文史圈子關係沒那麼密切的話，這門課可能會更好上一些。因為，大家比較沒有包袱。換句話說，這並不是一門專業的課程，這門課是用一種更質樸也更直接的方式來上。

在座可能有些人讀過我的《論語隨喜》以及《萬象歷然》裡面的「孔子九章」。後來有朋友問我，寫這兩本書時，用的是什麼版本？是朱熹的《四書集注》呢？還是清代劉寶楠的《論語正義》呢？或者是其他什麼書？我的回答是，當初手邊用的，就是王財貴先生兒童讀經的版本。就是那種字很大、尤其對老花眼特別合適的版本。沒有任何一個注釋。我絕大部分書寫的時候，手邊就是這一本。只有少數字義不太確定的時候，才翻翻譬如錢穆《論語新解》這樣的注釋本，參考一下，平常也基本不用。

我們這一門《史記》課，原本也希望能用這樣的版本，可惜《史記》很難找得到完全沒注釋的白文。就我所知，北京中華書局有一本，可惜是簡體的。一般說來，市面上看到的《史記》就兩個版本，一是現在大家手頭上拿到的這本大磚塊：《史記會注考證》。這是台灣目前最通用的，歷史系或中文系《史記》的課也多半用這本。另外一種，就是將《史記會注考證》後面的「考證」扣掉，留下唐代以前的《史記集解》、《史記索隱》、還有《史記正義》，就是我們一般所說的「三家注」。我的想法是，如果大家不做專門研究的話，三家注也好、考證也罷，都不必花太多時間去看。有需要參考注解時，才不妨看看。也就是說，三家注也好，會注考證也罷，都是備用。將來上課時，只會偶爾用。偶爾有些地方，我覺得有需要時，才請大家看一下考證或者是三家注，大部分的時候，就只看司馬遷的原文。

同樣地，這門課也不會花太多的時間在字義上打轉，因為，這裡畢竟不是學院，我們不做學究工作，取其精神、抓大方向即可。不過，因為這是經典的課程，還是得要以司馬遷的原文為主，不能從頭到尾都是我自己發揮，這樣就不是經典課程的本意了。

劉邦跟一般讀書人犯沖

第一堂課，先講〈高祖本紀〉。繞著漢高祖劉邦講，這顯然有我自己的想法。我們一般談中國文化時，通常會留意儒釋道三家。這當然是對的。可是，如果我們把儒釋道三家這種比較有自覺、比較理論的這一塊，再加上《史記》具體的人物行事，尤其是劉邦這種備受爭議卻氣象極大的人一併來看，就可能看到相互補足、更加完整的中國文化。一般讀書人對劉邦少有好感，幾乎怎麼看都怎麼不順眼。這多少是眼界所限。我一直覺得，如果一個讀書人能懂得了劉邦，這個讀書人的眼界與氣象肯定就會不太一樣。

劉邦這樣的人，跟一般意義下的讀書人，多少是犯沖的。可有趣的是，劉邦後來之所以能夠打得了天下，其中關鍵原因，恰恰是他底下的讀書人特別精彩。你去看項羽，項羽底下算得上讀書人、比較有腦袋的，就一個范增，很難想到還有第二個。可是，劉邦底下，卻有張良、陳平、劉敬、酈食其、叔孫通等等一群人。劉邦明明不喜歡讀書人，可那群讀書人看到他，卻一眼就認可了他。這又為什麼呢？因為他們知道，劉邦外表看起來沒個樣子，可實際上，卻是真有本領、真有見地，尤其他那不沾不滯的能力，簡直就是不可思議。

譬如酈食其。酈食其是個儒生，那時候六十幾歲了，一個老頭，每天在城邊當「里監門吏」（等於是城門管理員）。每個起兵的英雄豪傑經過，他就冷冷地看一眼，看了許多時日，所有經過的人，沒一個能讓他看得上眼。可偏偏劉邦一經過，他就知道：這人了不得！

當時的人，對劉邦的看法就很兩極。不屑的，極度不屑（譬如商山四皓）；傾慕的，也傾慕得不得了。這樣的兩極，一直延續到後代。十幾年前，我開始帶學生讀《史記》，每次讀到〈高祖本紀〉，同樣一個故事，就可以看到學生完全不一樣的反應。有的學生的反應是：好有趣哦！有的學生則很不以為然、一臉鄙夷，冷冷地吐出兩個字：無賴。這樣的對比，很有趣。司馬遷在寫〈高祖本紀〉時，本身對劉邦的意見到底又是如何，其實也眾說紛紜。喜歡劉邦的人，可以在《史記．高祖本紀》裡面找到非常多「確切」的例子；可是，討厭劉邦的人，同樣也可以在〈高祖本紀〉裡找到許多「確切」的證據說：你看，司馬遷就是用這種隱喻的方法表達他對劉邦的輕蔑與不齒！讀來讀去，其實就這麼一卷〈高祖本紀〉，卻可以讓後世讀者各自解讀、各自表述。我覺得歷史上所有了不起的東西，常常都可以讓人如此眾說紛紜。司馬遷寫一個那麼眾說紛紜的人，可以讓大家各取所需、變得更眾說紛紜，這到底是大家被司馬遷矇了？還是大家讀不懂司馬遷？這實在是個非常有意思的大問題。

司馬遷寫《史記》，最獨特的，就在於他的視角。這樣的視角，牽涉到我們這門課的主標題：「天人之際」。大家知道，人世間有許多事物在人的意念之外，是人力無法解決也沒辦法影響的，可是，事情偏偏又必然如此，這種人力所不及之處，在我們傳統的用語，就叫作「天」。現在假使有一個人，眼界或生命狀態已經達到天與人的交界之處，這個人就變得不好理解，因為，你不能只用人的角度來看他。這樣的人，你會覺得他不近人情、無法用常情揣度，可偏偏常常又是對的。司馬遷的厲害之處，就在於碰觸到了這一塊。司馬遷之後，打自班固寫《漢書》開始，後代的史書基本就碰不著這一塊了。為什麼呢？從班固開始，所有寫正史的人，清一色，通通都是儒者。儒家對於「人」的世界，有其強大而堅定的秩序感，可對於「天」這一塊，卻常常有隔閡。只要碰到這一塊，他們就處理不了。他們解讀事情時，通常會有個清楚的大是大非，也會有個清晰的道德觀，但正因過於強調是非道德，反而受限於「人」，而「天」這部分，就相對薄弱了。

愛「狎侮」人的劉邦——不正經反而有能量

我們現在直接看《史記》原文。因為原文太長，所以我們只能挑一部分看。先從最前面，劉邦還沒有開始打天下之前，司馬遷費了不少篇幅鋪陳，寫了一些看起來無關緊要的事情。這些事情，請大家不要放過，因為其實都很重要。這是司馬遷寫史書的特長，他特別能寫一些看似無關緊要、可等全篇讀完回頭再看就會發現：哇，這些太重要，且太精彩了。

一開始，**高祖，沛豐邑中陽里人**，沛縣豐邑中陽里那個地方的人。豐邑是沛縣底下的一個鄉邑，在劉邦打下天下以後，豐邑後來升格變成了一個縣。這以後我們會提，大家留意一下就好。**姓劉氏，字季**。字季，這個得保留一下，他的字不見得是「季」。有些人說他名邦，字季。但是，我估計劉邦應該沒有字，他這種出身背景的人，大概是不會有字的。這個「季」，其實很簡單，就只因為他在家裡排行老三。所以他大哥叫劉伯，二哥叫劉仲，他就叫劉季。這個不是名，也不是字，這個「季」是大家都這麼稱呼，叫他劉三、劉老三。如果他們家條件好一點，可能小時候人家就叫他「三少爺」，年紀大一點叫「三爺」，年紀再大一點，就變成「三老爺」，年紀非常大了，則是叫「三老太爺」，這就是「劉季」的意思。沒有那麼複雜，沒有什麼字。

父曰太公，他老爸叫太公，但這也不是他老爸真正的名字，太公的意思，就是「老先生」，劉老先生。**母曰劉媼**，他老媽叫劉媼，劉媼什麼意思？劉老太太。所以，寫了半天，嚴格講，劉邦叫什麼名字？不知道；他爸爸叫什麼名字？不知道；他媽媽叫什麼名字？也不知道。可說實話，這還真是無所謂。為什麼？大家如果看過《大宅門》就清楚，在中國傳統社會裡，確實不太需要用得到名字。像白景琦，從小別人就叫他七少爺，後來七爺、七老爺，比較平輩的，就叫他白老七；大家讀唐詩，不也讀到「送崔『九』」、「問劉『十九』」之類的嗎？那都是同樣的意思。所以，「劉季」就是「劉三」，許多人一輩子就是這樣子被稱呼，並不需要用到名字的。這不能用現代人的觀念去看：怎麼寫了半天，都沒有寫出名字呢？這其實無關緊要，不必太在意。

然後，**其先劉媼嘗息大澤之陂，夢與神遇。是時雷電晦冥，太公往視，則見蛟龍於其上**。這一看就知道，不一定是寫實。**已而有身**，好像劉太公不是劉邦親生爸爸似的，哈哈！不過，我們也不要太在意。**遂產高祖**。我覺得比較重要的是，大家看一下「遂產高祖」底下，會注考證有一行小字。這行小字是誰講的呢？是清代的俞樾，他說，剛剛那種非寫實的寫法，蓋當時方以為受命之符，不可得而削也，世以史公為好奇，過矣。什麼意思呢？寫這一段，牽涉到劉邦後來建立了漢朝，承受天命總是要有一些徵兆，所以這是他受命的徵兆，以太史公的身分，這一段要削是削不掉的，沒辦法削掉。後來很多人批評司馬遷寫這一段，是因為司馬遷很喜歡寫這些奇奇怪怪的事情，俞樾認為，如果這麼批評太史公，那就太過分了，「過矣」。我覺得俞樾這麼講很中肯，可以參考。

高祖為人隆準而龍顏，鼻子很高，然後，龍顏，大家想像一下，龍顏是怎麼一個模樣呢？額頭特別高，下巴又是什麼樣子呢？不太好想像。**美須髯**，這倒好想像，關羽也是美須髯。比較有特色的，是**左股有七十二黑子**，長得密密麻麻，此非常人也。左股有七十二個痣，當然不是普通的數字，我到現在也還沒看過。在座各位如果有的話，不妨也讓我們開開眼界。

仁而愛人，喜施，意豁如也。常有大度，不事家人生產作業。這幾句話重要。劉邦因為大氣，所以仁而愛人，喜施，很樂意給別人東西。給人東西，他沒多大感覺；你有需要，他就給你。這個「給」的本領，後來成為劉邦與項羽勝負的一大關鍵。意豁如也，豁達是劉邦的本性。常有大度，正因為大度，所以不事家人生產作業。你叫他老老實實種田，他就種得不太好，所以常常被他老爸嫌。他一直到最後當皇帝時，還消遣他老爸，說：以前你每次都嫌我種田比不上我二哥，你看，現在誰的事業做得比較大啊？

及壯，試為吏，為泗水亭長。到了壯年，去參加選拔，當上了泗水郡底下一個亭長。亭長，在鄉的底下，大概接近今日的村里長。亭長底下有兩個事務員幫忙辦事，算是很基層的公務員。**廷中吏，無所不狎侮**，「狎侮」二字，是劉邦的特徵。我們待會兒再提。廷中，就是縣廷、縣政府，亭長也算是縣政府管轄的。劉邦狎侮縣府裡所有的吏，如果是官，當然他不敢，可是一個縣裡面的官大概也就兩、三個，一個縣令，一個縣丞，了不起再加個縣尉。除了這兩、三個之外，其他全部都是吏。吏基本上以在地人為主，無論官怎麼調動，吏大致是穩定不變的，這近於我們現在的文官系統。中國的文官系統，從很早開始，就是官跟吏分開，一直沿襲到現在，像我們政務官和事務官的區別。

我昨天讀北京大學一位教授寫的文章，他從政治學者的角度說道：中國最偉大的發明，並不是大家所說的四大發明，而是中國的文官制度。整個文官制度把官跟吏切開，吏具有穩定性，可是沒辦法做決策；官由朝廷指派，具有決策權，也帶有流動性。中國古代的官有個特色，就是不能在當地當官，因為這會牽涉到利益問題。中國古代把這件事分得很清楚，該有的穩定力量要有，可是不能因為過度穩定，產生尾大不掉、盤根錯節的利益關係。中國很早就把這個問題解決掉了，反倒是我們今天退化了。今天大多數的縣市長都是在地人，否則，就很難選得上；既然是在地人，必定跟當地有著千絲萬縷、盤根錯節的利益糾結。利益一糾結，地方就容易各自為政，中央的政策也難以貫徹。相對而言，現代處理這件事，反而沒有古代清爽。

關於這點，我們先不管，再來看劉邦的「狎侮」。狎侮不等於霸凌，劉邦會鬧別人，但不會霸凌。「霸凌」跟「鬧」很不一樣，霸凌是會傷到對方的，可是鬧最多只是把對方搞到哭笑不得而已。劉邦會跟你鬧、跟你玩，捉弄你，可是不會真的霸凌你。一個大氣的人不會霸凌別人。會霸凌別人的人，基本上都小咖。沒有一個大咖會霸凌別人，所以絕對沒有一個霸凌別人的人最後打得了天下。除了劉邦，項羽也不會霸凌人。不過，項羽會直接把人殺了。

狎侮就是跟你玩、跟你鬧，弄到快發脾氣了，再搓一搓你的頭，說道：沒關係，好玩嘛！對他而言，什麼事都好玩，因此可以在極短的時間內，把人跟人之間的隔閡全部消除掉，所以這種人打得了天下。我在西安有個學生，也算是這種會狎侮人的。他狎侮到什麼程度呢？記得我第一本簡體書《孔子隨喜》在大陸出版後，在上海季風書店辦了一個新書會，有一群朋友，分別從浙江、南京、天津，還有一個從日本過來。他看到人多，就勾著我的肩膀，說：咱們師徒拍一張照片吧！講完之後，拍拍我的肩膀，說：這是我的得意門生！像這種話，正常的師生關係中當然不可能聽見，可他做這種事，就做得很天經地義。我了解他，所以也覺得好玩。可我南京的朋友就因為有些事被他差點惹毛了，因為他什麼事情都沒大沒小、沒要沒緊，什麼時候都馬馬虎虎、隨隨便便，有人看他這種無賴的樣子，當然會很抓狂。可是，他的能耐就在於，當你快抓狂的那一剎那，他會啥事都沒發生過地岔開，跟你鬧鬧，好像也真的就沒事了。這種人，就是會狎侮人。

會狎侮的人，外表看來，常常沒半點正經，可當他嚴肅起來，卻比誰都更正經。我西安這個學生，當初在山東讀物理系，讀到大四，受不了學院體系，覺得讀那些東西根本就糟蹋人，於是就辦了退學。大四退學之後，跑回西安住。我問他：你在西安靠什麼過生活？他毫無遮掩、直接就說：

在色情場所工作。西安有一種色情場所，叫黑舞廳，大眾化消費，花些錢就可以進去，摟著舞女跳，跳一段時間之後，燈光全暗，然後，大家就不妨自行想像。他就是在那種地方工作，還一直跟我說，有機會到西安，一定要帶我去黑舞廳。我笑著說：你會被師母打死喲！有趣的是，他在這種地方上班，平常下班後，逛的又是些什麼地方？他說，下了班，就逛兩種地方，一是佛寺，二是道觀。平常讀什麼書？讀十三經。這就有意思了。

像這種人，在不正經的背後，某些關鍵時候，反而會有一種異常的能量。他平常的狀態，有點類似莊子所講的「渾沌」。反過來說，平時一本正經的人，真遇到要緊的事情，反而常常比較沒能量。平日老狎侮的人，他的生命就好像一個渾沌的狀態，整個能量就這樣含著、蓄著，真遇到關鍵時刻，就源源不絕似地湧現出來。所以遇到這種人，我們得稍微分辨一下，他到底是真正的混混？還是內有丘壑呢？

繼續看，**好酒及色**，這種人常常好酒及色。**常從王媼、武負貰酒**，常常去一位王老太太以及叫武負的酒館那裡喝酒，沒帶錢，還常常賒帳。**醉臥，武負、王媼見其上常有龍，怪之**。比較有趣的是下面，**高祖每酤留飲，酒讎數倍**。劉邦每次喝醉了，別人就欺詐他，算錢都算好幾倍。**及見怪，**等到王媼跟武負看到他上面有一條龍這種特異現象之後，**歲竟，此兩家常折券棄責**，這兩個人後來就把劉邦所欠的債券統統毀掉。

劉邦與項羽迥異的氣象

底下重要，**高祖常繇咸陽，縱觀，觀秦皇帝。喟然太息曰：嗟乎，大丈夫當如此也**。劉邦常常到咸陽繇役，可能是他自己去，也有可能是以亭長身分帶別人去。縱觀，就是開放給人看；通常秦始皇出巡時，縱觀的機會不多。平常應該是戒嚴，不讓人看，但可能某一回開放，於是劉邦看到秦始皇的陣仗，便嘆了一口氣說：大丈夫就該如此！

《史記》在寫劉邦跟項羽的時候，常常有個筆法，就是故意安排類似的情節。這些類似的情節到底是真，還是司馬遷編出來的，我們並不曉得。但是，不妨先假設有那麼一回事，在很類似的情節中，看司馬遷寫出兩人不同的反應，形成鮮明的對比。於是，請大家翻到〈項羽本紀〉，我們看《史記會注考證》第四小頁的倒數第五行。**秦始皇帝游會稽，渡浙江，梁與籍俱觀。籍曰：彼可取而代也**。類似的情節，秦始皇帝去會稽，也就是今天的紹興巡視時，渡浙江，就是渡過錢塘江，項梁和項籍（也就是項羽）兩個人一塊去看，看了之後，項羽說了一句話：「彼可取而代也。」他直接就說，秦始皇是可以被取而代之的。

劉邦說「大丈夫當如此也」，項羽說「彼可取而代也」，兩者的差別在哪裡？項羽一聽就是霸氣、殺氣，劉邦是什麼？那是中國一個很重要的字，叫「興」。大家講《詩經》風雅頌、賦比興，「興」是什麼？「興」就是好比你今天看到天氣很好，藍天白雲，忽然心情好了起來。不見得想要幹嘛，也沒太多具體的想法，可是整個人就這麼樣神清氣爽，有種飛揚的感覺，這就是「興」。劉邦這番話就是個「興」，大丈夫當如此也。劉、項截然不同的反應，可以清楚看出，兩個人的氣象是完全不一樣的。

剛剛「喟然太息」底下的考證，引了凌稚隆的話說：高祖觀秦帝之言，較之項羽，氣象自是迥別，這裡要特別提一下「氣象」二字。這兩個字是典型的中文。典型的中文意謂著，如果要翻譯成現代的語言，尤其翻譯成外語，基本上是辦不到的。「氣象」怎麼翻？沒辦法翻吧！畢竟，這跟天氣完全是兩碼子事。我們說一個人氣象如何，那是徹徹底底沒辦法翻譯的東西。

首先，什麼是「氣」？這就不好說。今天假使我一臉「怒氣」，大家可以感覺得到，可是這樣的「怒氣」，並沒有實證、具體的東西，沒辦法把它講清楚、說明白。但即便如此，「氣」這個字中國人仍用得很普遍，大家也都能感覺得到。所以，愈徹底的中文，比如「氣」，就愈只可意會、不可言傳。這樣的只可意會、不可言傳，也同於我們常常說的，中國是一個詩的民族，詩是什麼？詩就是說不清、講不明，正因為說不清、講不明，所以唐詩一旦翻譯成白話，試圖要變得清楚明白，反而就不堪卒睹了。

「氣」這個字如此，至於「象」，就更麻煩了。「象」要怎麼解釋呢？比如我們說，台灣這十幾年來，已呈現衰「象」，這個「象」，指的是什麼？它必然有些看得到的東西，可又沒辦法明確地指出。這和「氣」有點類似，都是在若有似無之間。中文最關鍵的字都是這樣，既不是完全抽象的字眼，又沒辦法具體看得到、抓得著。中文世界裡面最精彩、最動人的東西，幾乎都是類似這樣的語言。

我們回頭再來看「氣象」。傳統看一篇文章，重點不在於技法，而在於文章的「氣象」。譬如今天台灣的文學界，有很多人文筆非常好，寫東西也非常精巧，可惜，巧則巧矣，就是沒有氣象。在他們的筆下，愛恨那麼熾烈，欲望那麼無法自拔，連吃個東西，都能寫得精巧無比、天花亂墜，可是，就是沒有氣象。今天台灣最大的問題，就是「氣象」已經慢慢消失了。現在消失到什麼程度？消失到年輕人連「氣象」兩個字都搞不太清楚了，這才是大麻煩。

徹底無賴？毫不糾結？

下面接著看。**單父人呂公，善沛令**，呂公，就是呂后的爸爸，也就是後來劉邦的岳父。善沛令，跟沛縣的縣令很有交情。**避仇**，我們讀《史記》時，常常會看到這兩個字：避仇。把別人殺了，然後跑路。跑路有兩個原因，一怕被官府抓到，二怕被仇家殺掉，兩種情況都有。換言之，大家知道，秦朝的法令很嚴格，可是秦法的嚴，和大家想像的又不太一樣。他們當時殺人亡命、跑路的人，似乎滿多的。他們的嚴，是在某些方面很嚴，可像這種方面卻一點都不嚴，比我們現在鬆太多了。現在你殺了人，去跑路跑看看！絕對沒像秦朝那麼方便。**從之客**，跑去沛縣朋友那邊作客。**因家沛焉**，因此住在沛縣。因為住到沛縣，跟沛令關係又好，**沛中豪桀吏聞令有重客，皆往賀**。沛縣那個地方的豪傑，還有吏，聽說縣令有重要的客人來，都前去祝賀。**蕭何為主吏**，蕭何在這邊頭一次登場，當時他的身分是沛縣主吏，如果用今天的話來講，大概就是沛縣的人事主任。**主進**，他在那天的宴會負責收禮金、安排座次。**令諸大夫曰**，跟所有與會的人宣布，**進不滿千錢，坐之堂下**。送的禮金不滿一千錢的，坐堂下。堂下是什麼意思？就是廳堂外頭的院子。意思是，滿一千錢的，坐廳堂；不滿一千錢的，就坐院子。

高祖為亭長，素易諸吏，劉邦當時當亭長，向來對那些吏隨隨便便。**乃紿為謁曰，賀錢萬，實不持一錢**。「紿」是假裝，「謁」是拿正式的拜帖，上面不僅寫上某某人，還要寫上禮金多少。劉邦就寫了：劉季，禮金一萬。實際上一毛錢都沒有。然後他就進去了。呂公一聽，哇，有人禮金一萬錢！**呂公大驚，起，迎之門**。到門口歡迎。重點是後面，**呂公者，好相人**，呂公這個人，很會看面相。**見高祖狀貌，因重敬之**，劉邦的相貌太特殊了，呂公一眼看出這人氣象不凡，所以，**因重敬之，引入坐**。這時候，蕭何看呂公如此慎重其事，忍不住潑冷水，就在一旁言道：**劉季，固多大言**，劉老三，整天就只會說大話，**少成事**，根本沒有什麼事情是真的。結果，**高祖因狎侮諸客，遂坐上坐，無所詘**。這就有趣了。高祖進去以後，每個客人他都鬧一鬧、狎侮一下，好像他是主人，輪番敬酒似的，然後還去坐主桌的上座。無所詘的「詘」，通委屈的「屈」。他去坐在上座，一點彆扭都沒有，坐得理直氣壯，坐得輕鬆自在。這是劉邦的本領。就算耍無賴，能耍到這個地步，將來這人即使有什麼挫折、有什麼困難，恐怕也都很難難得倒他。今天換成我們，坐在那邊，肯定會全身不自在的，這是人之常情。可是他坐在那邊，能夠完全「無所詘」，這就非常人也。在座諸位，包括我，我們都做不到這種程度，這看似只需要個無賴，其實難度還挺大的。這裡頭，是有種將世間俗情與不必要的糾結完全不當回事的本領，才辦得到坐上座而絲毫「無所詘」。

接著，**酒闌**，酒喝完之後，**呂公因目，固留高祖**。呂公用眼神暗示，請高祖留下，**高祖竟酒後**，高祖喝完酒之後，**呂公曰：臣少好相人**，「臣」意思就是「我」。有時候對人自稱「僕」，或是「臣」，都是客氣的說法。後來「臣」的說法集中在君臣間，但在古代，這是個普遍的用法。**相人多矣，無如季相**，我看了那麼多人，從來沒有看過一個面相像你這麼好的，**願季自愛**，希望劉老三你好好自愛、好好珍重自己。**臣有息女，願為季箕帚妾**。我有一個女兒，希望她能夠成為幫你拿畚箕、拿掃帚的妾，意思就是嫁給你。**酒罷，呂媼怒呂公曰**，酒宴罷了，回到家後，呂老太太對呂公發脾氣，說：**公始常欲奇此女與貴人**，你以前總覺得這個女兒相貌非凡，將來一定要嫁個貴人，結果，**沛令善公**，沛令跟你這麼好，**求之不與，何自妄許與劉季**？沛令求婚，你不答應，為何反要嫁給亭長劉老三呢？呂公面對老婆的質問，只講了一句：**此非兒女子所知也**。這不是妳們婦道人家知道的。**卒與劉季**，最後就嫁給劉季了。**呂公女乃呂后也**，這位呂公之女就是後來的呂后，漢惠帝的母親。

高祖為亭長時，常告歸之田。劉邦當亭長的時候，時常請假回家種田。**呂后與兩子居田中耨，有一老父，過，請飲**，老父經過的時候，討杯茶喝，**呂后因餔之**，呂后不僅備了茶水，還請老先生吃一頓飯。這個小細節，請大家留意一下。這個叫什麼？這叫民風淳厚。一個老先生經過，口渴，問能不能討口水喝，結果呂后不僅請對方喝茶，還請吃一頓飯。這是在秦朝末年。所以大家不用把秦朝想像成每個人都活在水深火熱之中。沒有啦！一般民間的生活，大概是我們印象中中國文明該什麼樣子，就是那個樣子。該和善的，還是和善；該跑路的，還是跑路，跟秦法之嚴是兩碼子事。秦法的嚴，是某些表層的東西嚴，可在民間，其實政治力干預得不多。

中國民間第一次被整體干預，是在一九四九年中華人民共和國成立之後。共產黨才有那個能耐對民間進行根本性的破壞。在一九四九年之前，即使軍閥混戰，即使大家都說那時民不聊生，可現在許多研究發現，軍閥時代老百姓的日子過得好像還不錯，民風也還可以。事實上，整個中國一直有顯性與隱性兩個系統，隱性民間的這塊，一直有很強大的穩定力量；那種淳厚的風俗，基本上一直變動不大。這是中國歷史的一個特色，大家留意一下。

然後，這位老父也會看相，他說：**夫人天下貴人**。呂后就請這個老父也幫小孩看看相，**令相兩子，見孝惠，曰：「夫人所以貴者，乃此男也。」相魯元，亦皆貴。老父已去，高祖適從旁舍來，**劉邦剛好從鄰居那邊過來，**呂后具言，**呂后把剛剛的話都轉述給他聽：**客有過，相我子母，**剛剛有人經過這邊，看了我們母子面相，**皆大貴**。高祖問：他現在在哪裡？**曰**，這個曰，是呂后所說，她說：不遠。**乃追及，問老父。老父曰：鄉者，夫人**

嬰兒皆似君，「鄉者」就是「剛才」，剛剛夫人還有嬰兒，這個「嬰兒」和我們現在的「嬰兒」有點距離，因為漢惠帝不可能在嬰兒時就有辦法到田裡除草，所以這邊的「嬰兒」是指「小孩」。**君相貴不可言。高祖乃謝曰：誠如父言**，如果誠如你所說的，**不敢忘德。及高祖貴，遂不知老父處。**這裡面相的情節出現了兩次，一次是呂后的爸爸看相，另一次是這個老先生看相。

《史記》的閒筆

下一小段要特別說一下：**高祖為亭長，乃以竹皮為冠，令求盜之薛治之，時時冠之。**高祖當亭長的時候，會用竹皮編冠。剛剛講過，亭長底下有兩個手下，其中一個就叫「求盜」，專門負責抓盜賊之類的。「之薛」

的「之」，就是「到」，到薛地去製冠，然後常常拿起來戴。**及貴常冠，所謂「劉氏冠」乃是也**。等到他有地位之後，就常常戴這個冠，這就是後來人們所說的「劉氏冠」。

司馬遷寫這段，看似無關宏旨。如果〈高祖本紀〉把這小段抽掉，也不影響任何情節，對於後來的歷史發展，更沒什麼妨礙。但是，《史記》類似無甚相干的段落，卻四處可見。我們把這樣的段落，叫作「閒筆」。《史記》常有閒筆。大家如果讀《資治通鑑》，《資治通鑑》絕對不會有閒筆，因為儒者都一刻不能閒，從不做「無益」之事。哈哈！閒筆是中國著作中常見的特色，最好的例子，就是章回小說。章回小說每個要角登場之前，裡裡外外，總要先鋪排一段，鋪排之餘，常常還再寫一、兩首詩，歌詠一番。如果把這些詩拿掉，會不會影響情節？當然不會。可是，在古典小說裡面，類似無關緊要的篇幅，卻多得不得了。為什麼？因為古人知道，關心一件事，不能只關心情節，更該關心的是事情後頭那個人的性情。寫這些「無關緊要」的閒筆，都是為了描寫人物的性情。只有掌握得了性情，對於情節的演變，才可能有一種更如實的體會。

換句話說，中國人的敘述並不是直線邏輯、一環扣一環的目的論，所有的鋪陳也不必然指向一個最終的目標。中國的敘述方式當然有個大方向，可時刻也都能圓滿自足，準確地說，中國的東西都有一個「當下性」。大家如果懂這點，看傳統戲曲才會看得開心；否則以西方的角度來看，就會覺得傳統戲曲怎麼都如此拖沓？故事推展怎麼都如此緩慢？譬如《四郎探母》的第一折《坐宮》，五十分鐘只講一件事情，就是楊四郎心事重重、吞吞吐吐，最後終於跟鐵鏡公主說：「我想見我媽。」以故事而言，平淡、瑣碎、情節幾乎停頓，可大家知道，《四郎探母》的《坐宮》是一折多好的傳統老戲呀！

戲曲的特色是戲愈老、愈熟，大家愈愛看，真所謂百看不厭。看熟戲與情節幾乎無關，反正情節早知道了，大家根本就不在意。所以中國人看戲，與其說是關心故事的發展，更不如說是在「涵泳玩味」故事中的生命意味。「涵泳玩味」就牽涉到中國文明兩個關鍵字的其中一個：「樂」。所謂「禮樂」、「禮樂」，樂是幹嘛的？樂就是涵泳、就是玩味，藉著這樣的「涵泳玩味」，進而再滋養人的生命。

《史記》的文章就有「樂」的境界，可以有閒筆，可以蕩出去，不會只追著一條線索，讓讀者只關心：再來呢、再來呢？不會，司馬遷不會把文章寫到這麼緊繃、這麼令人喘不過氣來。他寫到一件事情，可以當下蕩開，大家隨著他遊蕩了一回，回頭再看，不僅遊蕩得好玩，更突然胸襟一開、氣息綿長了。這其實是《史記》作為經典非常重要的特色。我們讀《史記》，有兩個關鍵的切入點：第一是「詩情」，第二是「修行」。司馬遷寫《史記》是有詩情的，《資治通鑑》沒有。所有中國的好作品，一定得先有詩情。

墨子在先秦時代那麼興盛，孟子不是說了，「天下之言，不歸楊，則歸墨」？可秦漢之後，墨家卻一下子就衰落了。箇中原因，當然很多，可其中一條，實在是因為墨子的文章寫得太差，毫無詩情可言。最好的反例，則是孟子。孟子最大的優勢就是文章寫得極好，有種氣場，有股感染力，讓別人即使不贊成他都忍不住要一直讀下去。這是中國的特色，任何東西要有文采，要能讓人涵泳玩味；所有可以傳下來的東西，必定是文學的、必定有詩情，這是很重要的關鍵。

中國的東西，只要是純說理，即使說得再好，也沒用。包括佛經。當年玄奘不辭辛勞，遊學印度十七載，可他翻譯的版本，為什麼沒有鳩摩羅什那麼通行呢？我想，就是因為他的文筆比不上鳩摩羅什吧！玄奘在中國的名聲那麼大，得到皇家的資助，又出了幾個極突出的弟子，可是他創的法相宗卻三代而衰，為什麼？因為法相宗那種重視邏輯、推理，思辨性的東西，不符合中國人的性情。換言之，玄奘的譯本也好，創立的法相宗也罷，都少了中國人很在意的那份詩情。

這樣的詩情，就決定了中國人看事情的角度。一方面虛實相生，一方面若有似無。因此，中國人不在意情節緊湊，也不在意邏輯緊密，更不在意直線發展。這和西方人看事情的視角大不相同。西方人看事情，兩個點之間，很習慣從A點到B點直接拉一條直線；就像西方的大公園，門口總有一條很大的路，兩側花草，整齊對稱；從頭到尾，一覽無遺。中國人從來不是這樣看事情的。A跟B這兩個點之間，中國人非得要弄得彎彎曲曲不可，A點總是看不到B點，否則，就不好看，也沒意思。所以中國的庭院有個照壁，不讓人一覽無遺，最好就像蘇州庭園那樣，曲徑通幽，移步換景，走一步就一個景，走一步又另一個景。這樣的曲曲折折，正是中國的特色。

這樣的特色，也反映在中國語言的強烈詩性。因此，中國人的語言特別豐富，特別具有彈性；也因此，中國人擅長說反話、講假話。真真假假、假假真真，「假作真時真亦假，無為有處有還無」。我以前沒開竅，一直到年紀不小了，才終於懂得一件簡單的事兒。懂什麼呢？相較於男人，女人其實更懂得語言虛實的詩性。我後來才知道，原來女人稱讚男人有一種方式，是跟男人說：你好壞！原來，她說「你好壞！」的意思，其實就是「你好好哦！」當我們使用這種語言時，一向都使用得如此自然而心照不宣，絕對不會有一個男人在聽到「你好壞」的時候，很嚴肅地轉過頭來問：我壞在哪裡？如果有這麼問的男人，我們只好拜託他：您去撞牆，好不好？

正因為中國人的曲折反復、虛實相生，所以章回小說的故事每回發展到大家急著要看結果時，常常隨即轉了個彎，說時遲、那時快，然後便蕩開來，另外又寫了一、兩萬字。岔出去寫了半天，好，終於又一句「言歸正傳」，才悠悠緩緩回到剛剛的情節。這就是中國的特色。中國人不管在多麼緊張、多麼關鍵的時刻，都有辦法從那個節骨眼跳脫出來。這正是中國人的解脫境界。換句話說，在中國人的眼裡，沒有什麼事情緊要到可以把人給真正束縛住；再要緊的事情，我們也都可以當下解脫。因此，章回小說裡，尤其是在戲曲裡，常常故事停頓，沒劇情發展，純粹就在情感或細節中鋪衍，大家卻覺得很好看，似乎也不關心故事情節發展到哪兒了。為什麼？因為情節對大家而言，固然重要；但再怎麼重要，仍須能從情節解脫開來。所有中國的東西，背後都有同樣的這個原理。

這樣的隨處解脫，就是中國人的「自由」。中國人的「自由」，跟西方人講的不太一樣。中國人講「自由」，不強調西方式外在的無拘無束，而是再多的牽絆都能無礙於內心的解脫。反之，只要被一個東西壓住、掙脫不了，那都不是自由。無論這東西看來再好、再動人、甚至再神聖，總之都是不祥之物。

所以，為什麼孟子文章那麼好，可我還是要批評他呢？畢竟，即使你是對的，只要堅持自己是正義化身，對別人可以那麼義正辭嚴、毫不留情，你都已經被心裡的正義給鎮魘住了，那就是不祥之物。換句話說，縱使你心裡有個真理，那真理也必須能呼吸吞吐，這才是中國人最高層次的自由。

從這個角度看，你讀歷史，如果從頭到尾只關心整個情節的發展，最後就會變得無趣。最後不僅是無趣，還因為你太關心這些貌似重要的東西，反而失去最重要的自由。正因如此，我才會寫〈消散迷失已久的魂魄，久違了！——我讀史記〉那篇文章，談《史記》與《資治通鑑》的比較。司馬光因為是個儒者，很關心「資治」，很關心實際的事情，結果就因為太「實」了，便把《史記》裡許多閒筆、看來與「資治」沒那麼直接關聯的東西，統統都刪掉了。可一旦把這些東西刪掉之後，反而失去了呼吸吞吐的能力。一個人能否「治」得了天下，並不是靠著直線思維，其實更多是曲線思考，老子說的「曲則全」，得要有呼吸吞吐的能耐，才成得了大事。所以看事情不能只直線地看因果關係，那樣反而做不成事。有些人愈急著把事情做好，常常愈做不好，原因就在這裡。相反地，你看一些能成事的人，常常就是吊兒郎當的，生命寬鬆，沒太強烈的目的性，遇到關鍵時刻，反而容易轉身、找到出口，因此可以把事情弄好。這裡面都有類似的原理在。所以大家看到司馬遷寫這種閒筆的時候，別小看它。

那麼，司馬遷為什麼寫「劉氏冠」呢？第一個，劉邦是個閒人，有閒情逸致；第二個，劉邦花樣多，凡事好玩。這個「好玩」，最重要。正因為好玩，所以劉邦跟項羽爭到你死我活之時，依然可以遊刃有餘，再怎麼艱難，都不為所困。如果在垓下被圍的，換成是劉邦，當他殺出重圍，最後逃到烏江，又會怎麼樣？顯然劉邦絕對不會「無顏見江東父老」，他沒這種問題嘛！對不對？他逃到烏江，回頭一想，想到自己逃得這麼狼狽，可能還覺得好好玩！好玩，事情就困不住他；你那麼認真、凡事那麼較真，最後就可能把自己給逼死。

劉邦起兵

好，我們「言歸正傳」，**高祖以亭長為縣送徒酈山，徒多道亡。自度**

比至皆亡之。後來，劉邦以亭長的身分，送縣裡服勞役的人去酈山。去酈山的，多半沒啥好下場，所以很多人中途就逃亡了。劉邦估量一下情況，按這形勢，等到了酈山，大概全都跑光了。全跑光，他也不必活了。所以，**到豐西澤中，止飲**，才到豐邑西邊的澤中，在那邊歇會兒，喝了些酒，結果，**夜乃解縱所送徒**，那晚喝酒之後，就把去酈山的這批人全部放走了。放走時，他說道：**公等皆去，吾亦從此逝矣**，你們都去吧，我也從此「逝矣」，開始亡命了。這句話，是劉邦的本色，也是劉邦的氣度。他後來打得了天下，就是因為有這樣的氣度。你們去！我也要亡命啦。劉邦一生的事業，就從這個亡命開始了。

接下來，我們直接跳到後面的第二十三小頁。中間過程，我大略交代一下。劉邦亡命之後，躲到山裡，聚集了近百人；不多久，陳勝揭竿而起，天下響應，包括沛縣的縣令也覺得苗頭不對，想起兵，便找了外頭稍有實力的劉邦回來。但劉邦回到沛縣，還沒進城，縣令卻後悔了。於是蕭何、曹參等人與劉邦結合，號召沛縣城裡的人把沛令殺了。沛令一死，大家公推劉邦接任，劉邦一開始推辭，可蕭何、曹參等人因擔心將來事敗會株連族人，不願出頭，便一致硬推給劉邦。劉邦本來就有些神奇異能，又有長者風範，再加上卜筮結果也屬劉邦最吉，於是即使再三推辭，劉邦最終仍成了沛令。

劉邦正式起事後，投靠項梁（項羽的叔叔）陣營。項梁找了楚王的後代，奉為神主牌，就是後來的楚懷王。有了這神主牌之後，項梁的聲勢也漸漸大了起來。但沒多久，項梁被秦軍所殺，楚懷王遂得以掌握軍權，重新部署項羽、劉邦等人的軍隊。

二十三小頁第三行，**秦二世三年，楚懷王見項梁軍破，恐，徙盱台、**

都彭城，并呂臣、項羽軍，自將之。以沛公為碭郡長，封為武安侯，將碭郡兵。封項羽為長安侯，號為魯公。呂臣為司徒，其父呂青為令尹。這邊不管，繼續往下看。這時候，北邊的趙國**數請救**，好幾次請求救兵。楚懷王於是任命**宋義為上將軍、項羽為次將，范增為末將，**往北邊救趙，同時，**又令沛公西略地入關**。入什麼關？入函谷關，進關中。這對於後來的劉邦，是件關鍵大事，因為楚懷王**與諸將約，先入定關中者王之**，哪一個人先進關中、平定關中，就可成為關中的王。那時候的關中，是秦帝國的中心。能在關中為王，等於就取得了天下第一要地。

當是時，秦兵彊，那時候，秦兵很強，**常乘勝逐北，**所以，**諸將莫利先入關，**大部分的將領都不願先入關，因為一定會被秦兵打垮。獨獨只有項羽，**怨秦破項梁軍，奮願與沛公西入關。**所有的將領都不願意進關中，只有項羽例外，因為他的叔叔項梁被秦將領所殺，所以他想和劉邦一道進關中報仇。結果，**懷王諸老將皆曰：項羽為人僄悍猾賊。項羽嘗攻襄城，襄城無遺類，皆阬之，諸所過無不殘滅**。這段話，是大關鍵。第一，楚懷王本來就對項羽不放心；第二，楚懷王身邊的人也都不喜歡項羽；第三，他們批評的，確實是項羽的致命傷，項羽這人剽悍，他曾攻打襄城，襄城就毫無遺類，全被殺光。

我們接下來讀〈項羽本紀〉之後，就會發現，「皆阬之，諸所過無不殘滅」的確是項羽的特點。項羽走到哪裡，那裡就一片刀兵。項羽情緒一湧上來，剎車都剎不住；憎恨心一起，就沒人擋得住。要不就坑，要不就屠城。被他所屠、所坑殺的，實在不勝枚舉，這正是項羽最終無法得天下的關鍵原因。項羽固然有強大的爆發力，可他個性的問題，等時間一拉長，就慢慢匯集起來，最後在關鍵時刻就把自己給毀了。

楚懷王本來就擔心項羽坐大會難以駕馭，尤其項羽一旦進了關中，肯定要燒殺擄掠，只會讓問題變得更棘手。不論是自己的考慮，還是整個天下的角度，他都不想讓項羽進關中。

所以，下兩行，**不如更遣長者，扶義而西，告諭秦父兄矣。秦父兄苦其主久矣，今誠得長者往，毋侵暴，宜可下。今項羽僄悍，不可遣。獨沛公素寬大長者，可遣。卒不許項羽，而遣沛公西略地。**這是劉邦一生最大的轉折。劉邦為什麼能夠進關中？因為在楚懷王眼裡，劉邦是個「長者」。長者，外表上是年紀大，實際上，是有長者的風範。長者的風範又是什麼？寬厚，事情看得遠，凡事留有餘地。這樣的人才會被稱為長者。當時，楚懷王就是因為劉邦有這樣的人格特質，才派他進關中；也正因如此，劉邦後來才能以關中為大本營，跟項羽長達四年的楚漢相爭，進而打垮項羽，統一天下。劉邦的一生，如果要說有極大的轉折，進關中肯定是其中之一。

而他之所以能進得了關中，恰恰就是因為他的性格。人們常說：性格決定命運。劉邦就是一個絕佳的例子。

第二堂

（還沒正式上課之前，麥克風弄不好，雜音頗大。）

我想，一開始出點狀況（手指著麥克風），多半是件好事。別像項羽打天下，一出手，便一帆風順。現在我遇到太順的事情，心裡多少會有點發毛。總覺得不踏實，似乎不該如此順利才對。讀了〈高祖本紀〉，這點正可以給大家一些心得：順逆之間，可以用不同的角度來看。這門課叫「天人之際」，就人情而言，當然任何人都希望一切順順當當；可從天道來講，那就未必。從天道來講，一開始出些狀況、有點橫逆，反倒常常能成全後面的一些事情。

今天台灣的教育為什麼完蛋？說白了，就是大家想方設法要讓孩子處在完全沒橫逆的狀態，啥東西都替他們想得周到、照顧得細微，如此一來，將來他們的人生當然會完蛋。小孩吃點苦、遇到些磨難，對於往後的人生，通常會是件好事。就天道而言，這道理多少是有普遍性的；不僅劉邦，其實每個人都一樣。

同樣的緣故，很多人年少成名，也不見得是好事。譬如最近，王菲不是跟啥人離婚了嗎？你說，王菲有什麼問題？其中之一，大概就是太早成名吧！那麼早成名的人，他們生命裡都有一種奇特的欠缺，少了那種在泥巴裡打滾、經歷橫逆之後該有的生命力。我覺得這種太順遂的人，身上都欠缺這種東西。就這點而言，劉邦和項羽恰恰形成最強烈的對比。我們講劉邦斬白蛇，那時他年紀多大了？恐怕都快五十了。五十歲之前，他的名聲一直不太好。所以，在座各位如果外頭的名聲不算太好，也算是差可安慰。至於名聲太好的，偶爾被別人罵一罵、講得難聽些，也可安慰自己一下：幸好還有機會把自己的好名聲給破一破。否則，如果名聲一直太好，將來會出什麼事，誰知道？

「祥」或「不祥」是站在天道的角度

好，上次講到楚懷王派劉邦入關，這是一件關鍵大事。關中是當時的重中之重，四面高地，中間有八百里秦川；之所以名喚關中，是因為周遭有四個有名的關隘。最著名的，當然是函谷關，從河南進陝西的必經之道；當年老子騎牛過此，後來不知所終，就是這兒。除函谷關之外，東南邊有個武關，西南邊則是散關，至於蕭關，是從西北而入。因為在這四關之中，故曰「關中」。當時，楚懷王派劉邦入關，劉邦就是往河南南邊走，從南陽（在古代叫「宛」，京劇有一齣很有名的戲叫《戰宛城》），經武關，再進入關中。這是地理的基本概念，先講一下，後面會清楚些。

再看三十三小頁的第一行。**諸所過毋得掠鹵。秦人憙，秦軍解，因大**

破之。又戰其北，大破之。乘勝，遂破之。劉邦經武關進關中，大破秦軍。然後，**漢元年十月**，這個地方稍微說明一下。在這之前是秦二世，自二世被趙高殺死後，二世的繼位者秦王子嬰把皇帝的印璽封起來，不說自己是皇帝，變回了秦王，所以秦朝至此算是結束了。從此，按說是項羽，也就是應該以西楚霸王紀年，可是後來的正統是劉邦，所以這一年開始算漢元年。至於這裡的漢元年十月，前頭則是秦二世的八月、九月，緊接著就是這裡的漢元年十月。漢初與秦朝是同樣的曆法，一年的開始都是十月。周代十一月，商代十二月，夏朝才是以我們現在的農曆正月為一年之始。秦代這種以十月為一年之始的曆法，直至漢武帝制定太初曆、改正朔，才又挪回夏朝的正月。後來這個曆法，就一直沿用到現在。我們現在每年的春節、一年的開始，就是從漢武帝太初曆那時候開始的。而在漢武帝太初之前，仍是依秦曆以十月為一年之始。大家在讀這一段《史記》的時候，常常會讀到漢幾年，一開始就寫十月，就是因為這個緣故。

沛公兵遂先諸侯至霸上，沛公的軍隊比所有的諸侯先到了霸上。霸上離咸陽很近。**秦王子嬰**，就是二世被殺後的繼位者，**素車白馬**，他的車子、他的馬，全都是白色的，**係頸以組**，頸子上也弄個白布，隨時可以自盡。**封皇帝璽**（印璽）、**符**（兵符）、**節**（代表皇帝的信物），把皇帝這些東西通通封起來，**降軹道旁**，在軹道旁投降。也就是秦王子嬰正式向劉邦投降。這時候，**諸將或言誅秦王**，劉邦身邊的將領勸劉邦把秦王殺了，因為秦朝暴虐，大家懷恨甚深。結果，**沛公曰：始懷王遣我，固以能寬容；且人已服降，又殺之，不祥**。剛開始時，懷王之所以會派我入關，就是因為我能夠寬容。更要緊的是，對方早已降服，卻又要把他殺掉，這是一件不祥之事呀！

這裡要特別留意的，就是「不祥」兩個字。我最近寫了一篇文章給《中國時報》，專談「不祥」二字。在《史記》一書裡，判斷事情時，常常講著講著就出現「不祥」二字。這樣的字眼，現代人用得少；可在秦漢以前，卻用得很普遍。其實中國自宋、明以後，「不祥」二字就慢慢少用了，更多則是用一些道德仁義的字眼；但在秦漢以前，遇到類似情況不談那麼多的道德仁義，而是直接說「不祥」。所謂「不祥」，「祥」這字的左邊是「示」字旁，跟天有關係。所以，「不祥」是站在天道的角度來說，說的不是人的是非對錯，而是從另一個高度來看吉不吉祥、會不會招災引禍？純粹是從天的角度來看的。

跟「祥」相反的字眼，叫作「災」。世間有很多的災難，常常跟一般人認定的道德不太相干；很有道德，同樣也可以造成許多災難。譬如，眼下有一位馬英九總統，對不對？他那麼有道德，這是無可否認的。在座比他有道德的，恐怕不多；至少，我肯定是沒他那麼有道德。可是，有無道德跟有沒有災難，畢竟是兩回事。換言之，災祥是站在跟人的是非對錯不太一樣的立足點。中國自從獨尊儒術，尤其宋明理學過度誇大儒家的重要之後，就產生了這個問題。大家都過度認為只要人人有了道德，這世界就太平了。其實恰好相反。有時候，人愈有道德，造出來的災難卻是愈大。

大家只要看看宋代的新舊黨爭，王安石、司馬光，哪一個不是道德君子？以一般的道德標準來講，他們都沒啥好挑剔，可最後造成的災難卻有多大？包括明代末期的東林黨人，一個個也都自詡是道德君子，但他們與閹黨的傾軋，卻將朝政弄到徹底地不堪聞問。向來歷史課本都把矛頭指向閹黨，可說實話，這是不盡公平的。在這整件事情中，那些道德君子肯定也要負一定的責任。這就好比有人做了壞事，旁人倘使不多說話，他壞的程度可能還有個限度；可如果旁邊有人卯起來整天痛罵，這些罵的人本身又不無瑕疵，卻以極高的姿態恣意進行攻擊時，壞人做起壞事，就可能會更決絕。有時候，純粹就只為了一口氣，存心要做給這批自以為是的人看看。明末黨爭之所以會那麼嚴重，部分原因就在於那一群自認為很有氣節的東林黨人整天高姿態地痛罵。大家知道，被別人罵了之後，真正會改的，其實不多；變本加厲的，反倒不少。就像面對孩子一樣，以前我在國中教書時，對此就特別有體會。國中的小孩就是所謂青春期，叛逆嘛！某些孩子之所以愈變愈壞，恰恰就是因為「官逼民反」。常常是因為他們的老師太「認真」，措辭太嚴厲，才把孩子給逼上梁山的。

當然，我的意思不是說小孩不能罵。關鍵是要如何罵、用怎麼樣的心態罵？事實上，小孩不僅要罵，小孩也要打。上回在北京，王財貴先生舉辦了一個全中國的讀經教育高端培訓班，請我講座。講完後，有人問我關於「體罰」的意見。之所以有這個問題，是因為大陸也禁止體罰，而提問者顯然有不一樣的意見。我的回答是，台灣有很多人體罰，但檯面上公開承認的，卻是不多；我比較特殊的是，我不僅公開贊成體罰，而且還身體力行。

記得早些年馬英九還在當台北市長時，有個議員在議會調查：官員在家裡從沒打過小孩的，請舉手；結果，就只有兩個舉手。至於沒舉手的，幾乎都低著頭，像做虧心事似的。我的感覺是：這群人窩囊！小孩其實可打、可不打；如果你完全不打，也能把小孩給教好，我會深感佩服：有一套！假使你打小孩，把小孩教得身心健全，那也是有一套！換言之，打小孩也行，不打小孩也行，但千萬別搞到全身糾結。一旦糾結，人就窩囊。

以前我教書，打了十幾年小孩，沒出過事。可是學校有某些老師明確反對體罰，後來反倒是他們容易出事。為什麼？因為他們認定體罰是罪惡，可有些小孩的確是囂張，一開始，他們當然會用愛心來處理，可有時而窮，後來到了極限，他們先是忍，繼而糾結，糾結一陣子，最後就在忍無可忍的時候爆發了出來；這一爆發，當然出事。要嘛，就出手過重；要嘛，就情緒徹底發洩，怎麼非理性的字眼都迸了出來。可是，如果他體罰之時，是在平常心的狀態，甚至是談笑用兵，又怎麼會有狀況呢？

天下之事，本有其自然規律；人不要高估自己的「愛心」，也別誇大自己的「道德」；愛心與道德有其必要，可如果與自然規律悖反，最後就會變成「愛之適足以害之」。《史記》裡講「祥」或「不祥」，就是從自然規律著眼。當時的人喜歡用這樣的字眼，正意謂著，他們離天近。他們看事不會只從人的應不應該、道德不道德的角度來看，他們還有一個更遼闊的視野，會跳到天道的高度。換言之，他們是活在「天人之際」的狀態。今天我們讀這段，會特別有真切感；因為台灣當下的困境，就是執著於太多情感，才把事情攪到不清不楚。

舉個例子，大家都知道一、兩個月前全台灣糾纏不清的洪仲丘命案。關於此事，我和媒體的看法完全不一樣。這事剛爆發時，媒體完全一面倒，都站在徹底同情洪仲丘的單一角度，跟平常台灣標榜的「多元」完全兩回事。後來《中國時報》有篇劉屏的文章，卻有些意思。他提到，前陣子美國也發生類似案件。主角是個華裔大學生，投筆從戎，去伊拉克，最後被虐殺了。此事的結果是，部隊有一個直接相關的少尉排長被追究，判了半年徒刑，勒令退休。再往上，就沒了。這事有兩個要點：其一，大家都說台灣法治不足，所以才出現洪仲丘命案；可劉屏強調，即使美國那麼標榜法治化，也同樣有虐殺事件。換句話說，這事跟制度完不完整沒那麼相干。其二，美國那麼強調人權，最後卻只追究到一個少尉排長，反倒是台灣一路往上追究到少將旅長，然後連累到國防部長辭職，總統也為之道歉，這符合比例原則嗎？

我想，台灣是一個溫厚的社會，尤其跟對岸相比，這確實是一個極大的優點。但凡事一利一弊，台灣現在最大的罩門，恰恰就在於把溫和與厚道過度延伸，尤其在民粹的推波助瀾之下，許多事情都變成了「宋襄公之仁」。現在很多綠營的人不是都罵馬總統是「馬襄公」嗎？說實話，不管是馬襄公、宋襄公、X襄公，這種種的「襄公」，都把人的不忍之心無限擴大，事情也一樁樁都變成是小題大作，最後，就導致了台灣社會的根本錯位。

洪仲丘事件中，大家當然應該同情洪家，但同時，我們也該爬梳清楚的是：到底，戒護士要負多大的責任？連上與旅上的長官要負多少責任？而洪仲丘自己又該負怎麼樣的責任？說實話，洪仲丘的性格有種很麻煩的反差，一方面，他高姿態、自以為是，可另方面，他又很認真、守規矩。早先料定快退伍、長官奈何不了他，可一旦突然被抓去關禁閉之後，瞬間緊張過度，就產生了巨大反差。當過老師的人都知道，有些原本很自以為是的學生，如果一下子被掐住，常常會變得異常的乖。正因為被嚇到、突然變乖了，所以在禁閉室操練時，所有人都知道該馬虎就馬虎時，獨獨只有洪仲丘認真老實地「照規定來」。當兵只要真的「照規定來」，大概就可以把人給活活累死。畢竟，「照規定來」，原來是非常時期（也就是戰爭時候）不得不然的標準。承平時候當兵，多半是在心照不宣的情況之下該混就混，最忌諱過度較真。結果，洪仲丘怎麼死的？就是當大家都知道「應該」要混時，只有他不混，特別認真，特別「照規定來」。他為什麼那麼認真？很簡單，因為被嚇到了。為什麼被嚇到？因為之前他有恃無恐，特別高調（當然也跟他平時自居正義有關）地嗆連上長官，以為關不了他，可沒想到對方忍受不了洪如此以下犯上，於是就以極高的效率當真把他給關起來了，這下子，洪被嚇到，擔心自己退不了伍，所以異常地認真、異常地配合。我們不客氣地說：他是被自己嚇死的，是被自己原先的有恃無恐（閩南話說「靠勢」）崩潰之後給嚇死了。如果從天道的角度來講，事實就是如此。可是大家把問題無限延伸，甚至把軍方講到一無是處，好像軍人一個個都是飯桶、一個個都存心致洪仲丘於死地似的；如此民粹、如此感情用事，最後毀掉的，就是整個國軍。今天禁閉室裡的戒護士，倘使失職，當然要處理；即使沒有刑事責任，也要負一定程度的行政責任。可是不能因為洪仲丘之死，就把整個國軍徹底地汙名化。這樣的「宋襄公之仁」，只會讓我們不斷地因小失大。

這樣的因小失大，當然也包括教育。現在基層學校上課秩序的瀕臨崩潰，原因在哪？不就在於這一、二十年來的因小失大嗎？每回有某某老師的不當體罰，媒體總變成正義化身，視之如寇讎、窮追猛打，教育部也隨即徹底嚴禁體罰、防師如防賊，最後，老師動輒得咎，只好消極自保，但求無事，至於教室管理，當然也就有心無力了。最後倒塌的，則是台灣教育的未來。類似的困境，其實不只是軍隊，也不只是學校，而是整體台灣社會的方方面面。我們如今要重拾古人的智慧，學會以「祥」或「不祥」的視角，跳出一時的得失與情感，台灣才有辦法脫得了困。

回到劉邦。劉邦說道，對方既然已經投降，咱們又把人給殺了，這是不祥之事呀！大家記住了這話，回頭再看看項羽，就能更清晰明白了。項羽後來垮掉的原因當然很多，其中之一，就是新安大坑殺。新安大坑殺的背景，我們先做個交代。大家知道，項羽畢生最重要的戰役，是援救趙國的鉅鹿之役，也就是「破釜沉舟」典故的來由。鉅鹿之役的大勝，確立項羽的地位，也瓦解了秦軍的士氣。不久，秦上將軍章邯約降，項羽接受投降後，就讓二十幾萬的秦軍前導，鼓行而西，往關中而去。大家知道，在戰爭時，最好的狀況就是由投降的軍隊在前頭開道。一來他們熟悉地理環境，二來也會產生心理上的震懾效果，就像後來清兵入關時由吳三桂前導一樣，很容易就望風披靡。總而言之，當時二十幾萬的秦軍在前頭開著路，到了河南新安，秦軍卻開始軍心動搖，項羽聽聞，為了免除麻煩，索性當晚就把二十幾萬的秦軍統統坑殺。一口氣坑殺二十幾萬人，而且，都還是已經投降的，這當然是大大的不祥。

後來，劉邦與項羽在河南滎陽附近，有整整三、四年的時間，雙方相持不下。外表上，劉邦是屢戰屢敗，可敗了之後，不多久卻隨即又重整旗鼓、東山再起。劉邦憑什麼能屢挫屢起呢？關鍵就在於他的後援力量極大。他強大的後援力量來自於：一、劉邦進關中後，盡得民心。關於這點，我們待會兒再講。二、劉邦有個蕭何。蕭何留守關中時，打點得極安穩、極妥當，關中百姓都願意近乎無窮盡地提供支援。除此之外，還有一點：關中人之所以無怨無悔地支持劉邦，其實是因為劉邦打項羽等於是幫他們報仇。報什麼仇？第一，新安大坑殺。第二，項羽進了咸陽，屠城之後，又大火一燒，秦宮室燒了三個月還沒滅。早先秦王子嬰不是已然投降了嗎？劉邦率先進城不也秋毫無犯嗎？為啥項羽一來，便又屠城，又大火燒城了呢？

當然，如果站在另一個角度來看，項羽也可以說是在復仇。當年秦滅楚後，楚南公說道，六國被滅，楚最無辜，來日，「楚雖三戶，亡秦必楚。」一方面是楚對秦的復仇之念最重，二方面也是楚人的性格一向特別地激烈。大家都知道伍子胥，當年為了報父仇，投靠吳國，最後攻進郢都，就非得要開楚平王棺木然後鞭屍不可。若用一般的角度來看，報仇就報仇，至於如此嗎？可在伍子胥的生命中，不如此做，就無以解心頭之恨，活在世上也沒啥意思了。楚人的性格有種決絕，事情一定要做到最極致。除了項羽、伍子胥之外，其實還有一個最典型的例子，就是屈原。楚人的詩人性格，使得他們的故事都特別可歌可泣，可是，如果以長久的角度來看，就覺得他們有時確實做得太過激烈，跟整個中國文明強調的不沾不滯、該放手就放手的態度，還是有一點距離。

對項羽而言，他與秦的仇恨不只是楚懷王入秦而不返，也不只是秦滅了楚，還包括他祖父項燕、叔叔項梁，都被秦將所殺，這既是國仇，也是家恨。在此仇恨之下，進咸陽後屠城，並不為過。但對秦人而言，前有新安大屠殺，後又有咸陽大屠城，此仇此恨，焉能不報？於是，後來劉邦與項羽的長期對抗，在秦人眼裡，劉邦就不只是漢王，而是秦王，是幫秦地之人復仇的。從這個角度來看，才有辦法解釋清楚，為何關中百姓願意竭盡所能地提供劉邦後援。否則，當時的徵調兵員，老的、少的，通通都被拉了過去，為什麼百姓不反彈？為什麼民眾不鼓譟？這其實牽涉到很多根本的情感問題。

秋毫無犯是最高級的政治作戰

我們繼續看。因為劉邦覺得這樣不祥，**乃以秦王屬吏**，就把秦王交給負責的官吏，沒殺他。**遂西入咸陽**，往西進了咸陽城。**欲止宮休舍**，劉邦本打算到宮裡住，因為那麼富麗、那麼堂皇。劉邦是個世俗之人，本來就不是什麼道德君子，看到宮闕巍峨、金銀成堆、美女又如雲，他比誰都動心。但問題關鍵是，劉邦的旁邊，總會有人幫他踩踩剎車；更大的關鍵是，劉邦這時也多半願意猛然踩住剎車。事實上，每個人都有其缺陷，劉邦也是如此。剛開始時，劉邦很動心，很想進皇宮過幾天爽快的日子，「大丈夫當如此也！」可這時，**樊噲、張良諫**，一旁有人踩了剎車，頭一個，是樊噲；其次，才是張良。樊噲諫，不容易呀！如果張良開口，那很正常，因為張良是個出了名的明白人。可是，第一個開口的，卻是粗人樊噲！大家都知道樊噲在鴻門宴的故事，那形象太生動了。他原來是從事屠宰業，殺狗的。在今天這時代，他似乎很沒有正當性。可在唐代以前，反正，狗就是家畜；豬、狗、牛、羊、雞，就是這樣，不必用我們現在的角度去臧否。

經樊噲、張良先後勸諫之後，**乃封秦重寶財物府庫**，把所有秦宮室的寶貝器物統統彌封，全部不動。唯一動的是什麼？是蕭何把秦朝的律令、圖書全部帶走。這非常重要。後來蕭何就是憑著這些律令、圖書，奠下劉邦打天下的本錢，也確立日後漢朝建國的規模。好，除了這些東西之外，其餘全部不動，**還軍霸上**。**召諸縣父老豪桀曰：父老苦秦苛法久矣，誹謗者族，偶語者弃市**。**吾與諸侯約，先入關者王之，吾當王關中**。**與父老約，法三章耳**。這就是有名的「約法三章」。劉邦跟父老、豪傑說：大家被秦朝嚴苛的法律虐待了這麼久，秦法規定，毀謗朝廷者，要抄家滅族。偶語（就是用經書彼此對談藉以影射朝政）也要殺頭。現在，我跟諸侯約定好了，誰先入關就成為關中之王，所以，我勢必會成為秦王。如此一來，我現在就以秦王的身分跟大家約法三章。第一，殺人者死；第二，傷人抵罪；第三，竊盜也根據情節輕重來論罪。就這三條，**餘悉除去秦法**，其他的就全部去除掉。

這裡要留意一下。很多人因為這段文字，產生了誤會，以為劉邦進關中之後，把秦的法律全部廢掉，就只留這三條。因此，蕭何日後治理關中，甚至劉邦統一天下後，就憑著「約法三章」來辦事。這當然不可能。如果，果真只剩這三條，天下不會大亂才怪。劉邦那時說的，大家別太當真，某種程度而言，其實也就是隨便說說。雖然是隨便說說，但有沒有效果？有，效果還挺大。為什麼？因為對一般人而言，只要守這三條，差不多就夠了。真要論細節，秦法到底有多少規定，誰知道啊？問蕭何，蕭何可能還清楚；可問劉邦，劉邦多半也是不清不楚的。大家知道，後來整個漢朝的法律，幾乎都是沿襲秦朝的法律；換言之，劉邦並沒有廢掉太多的秦法。可是他當時這麼說，為什麼又會有用呢？一方面是劉邦為人寬厚，他這麼說，大家會信。二方面，也是因為這三條跟大家最直接相關：殺人、傷人、盜，其餘的，劉邦說都免了，大家在心理上是可以接受的，因為也沒有太多人會去追究。反正，劉邦就是明白地說：誹謗者族，偶語者弃市，這些法律不要了，通通去掉。至於他真的去掉多少，其實沒人知道，因為絕大部分的老百姓都不知道到底有多少法。

中國的社會，即使秦朝那樣的重法，還是跟西方式的重法不同回事。秦朝的重法是法律制定了，就一定要嚴格執行；令出必行，就是秦朝的重法。直到如今，新加坡還是這種重法的模式。可是，西方的重法又是什麼？他們是把所有的人際關係都建立在契約的基礎上，想辦法將一切都條文化，所以，他們的法律一定要既清楚又詳細，最好大家也都能明白所有的細節。但秦朝的重法，並不希望有那麼多百姓知道法，而百姓也確實不關心到底有哪些法？中國的社會，一向都是如此。大家回頭去想，以前讀中國歷史，跟讀西洋歷史有一個非常大的差別。中國歷史從黃帝堯舜夏商周講到後來的宋元明清，講完那麼多冊，我們從來沒有讀到中國哪一個朝代有什麼法律，完全沒有。可是，等後來讀西洋史，從兩河流域漢摩拉比法典、十二木表法、查士丁尼法典，再到拿破崙法典，如果再包括近代西方民主化之後的種種法案，簡直就一大串。反觀中國，歷史上有沒有法律？當然有啊！可是，我們的歷史課本為什麼從來不提？很簡單，因為中國人一向不看重法律。中國的法律的最高境界，就是備而不用，至於老百姓，則是不知道最好。

在今天的教育現場裡，有些人因受到西方的影響，覺得一定要讓學生清楚所有的校規，常常在新生訓練時，就想方設法要讓學生把所有的校規通通給搞清楚。我覺得這很好笑。一個人閒著沒事，會去研究校規的，通常的情況，大概就是想要去鑽法律漏洞。他想知道在什麼樣的情況之下，幹了哪些事情會觸犯校規、會被記過？一般人其實不會去關心校規有哪些規定，反正，只要我好好上課、好好學習，不就得了？校規是不得已才用，法律也是一樣。

了解這點，大家就能明白，為什麼劉邦明明隨便說個「約法三章」，大家卻都信他。事實上，如果再仔細追究下去，就會發現，漢朝初年時的法律跟秦幾乎一樣，後來是慢慢才廢一條、久久才修一條，基本差異很小。法律幾乎一樣，可漢朝初期的整個氣象卻與秦朝迥然有別。所以，重點是在於怎麼執行、怎麼看待法律。同樣的法律，秦法如此嚴苛，漢朝初期卻是一片寬厚的氣象。這代表什麼？這代表到了漢朝初期，法律更徹底地備而不用。這就像在家庭裡，有個家規，但又能備而不用，這才是興旺氣象，對不對？

接著，我們再繼續看。**諸吏人皆案堵如故**，所有的官吏一律照舊、統統不必更動，原來幹啥、就繼續幹啥。**凡吾所以來，為父老除害**，這回我來，是為了幫父老除害。這話，當然說得有點冠冕堂皇，可是大家聽得進去，也聽得踏實；因為，秦地百姓確實感覺如此。**非有所侵暴，無恐**。我沒有侵暴的意思，大家別害怕。**且吾所以還軍霸上，待諸侯至而定約束耳**。**乃使人與秦吏行縣鄉邑告諭之**。**秦人大喜**，於是，就派人偕同秦朝官吏一道去各個地方，把劉邦宣布的事項告訴百姓，秦地的百姓聽了，一個個都開心歡喜。**爭持牛羊酒食**，大家爭先恐後地把牛、羊、酒、食物拿來奉獻，**獻饗軍士**。**沛公又讓不受，曰：倉粟多，非乏，不欲費人**。**人又益喜，唯恐沛公不為秦王**。到這裡，劉邦這一生就立於不敗之地了。別人拿牛羊酒食來獻饗，沛公又讓不受，曰：倉粟多，非乏。這當然是事實，可是這也要歸功給蕭何。蕭何做後勤補給的工作，真是太厲害了。同時，劉邦這樣的反應，後頭肯定也有著張良等人的提醒。一支軍隊能做到如此秋毫無犯，關鍵當然不在於軍隊本身，一定是上頭的人有著異常強大的意志，才有辦法貫徹得了這樣的軍紀。歷史上能做到如此秋毫無犯的，其實不多；近代最有名的一支，就是解放軍。

毛澤東在國共內戰，尤其一九四七到一九四九那幾年，解放軍幾乎是做到秋毫無犯，很厲害。那時候常見的例子是，國民黨軍隊一到了村莊，就開始拆百姓的門板，晚上拿來當床板睡；至於院子裡的東西，雞呀、鴨呀，也多難逃倖免。過幾天，解放軍來了，解放軍就滿村子「大叔」、「大娘」地喊，親熱得像家人街坊似的，然後，解放軍就開始幫忙裝門板，開始修東西。老百姓有牛羊酒食要獻饗，解放軍也差不多就是說：不用，我們有。彷彿就是當年劉邦的翻版。當然，這裡頭多少有些作假的成分，可是，戰爭時能夠作假到這個程度，其實就很不簡單。國軍當時軍紀之敗壞，不論蔣介石再怎麼三申五令，依然沒用，可是當時的解放軍卻可以做到這個地步。古人說，「王者之師，有征無戰」，解放軍打到後來，就有這種味道，幾乎連打都不打，望風披靡。憑藉的，正是解放軍得民心，這影響太大了。（雖然他們也談不上是什麼「王者之師」。）毛澤東正因有此能耐，才打得了天下。解放軍在四九年之前，也確實有這樣的氣象。後來國軍大敗，其實並不冤枉。國軍當時相較於解放軍，兵員多、設備好，可是壓根就得不到民心。劉邦和項羽後來的結果，也可以做類似的對比。所以劉邦入關這事，影響非常深遠。正因為劉邦這樣的秋毫無犯，後來關中百姓才會對他那麼地死心塌地，這非常重要。

接下來，我們跳到第五十七小頁，其中省略的部分，就簡單做個交代。劉邦進關中後，約法三章、秋毫無犯，使得秦地百姓「唯恐沛公不為秦王」，一個個，都希望劉邦成為秦王。不多久，項羽進關中，屠城，一把火把咸陽燒了，然後開始分封天下。分封不多久，因處理不當，有人不滿，遂起兵造反。項羽也因為忌憚劉邦，不封關中，找個說辭，改封到漢中。劉邦雖然不滿意，卻只能鬱鬱地悶在漢中。這時，韓信分析形勢，要他北伐關中、重回秦地。劉邦採納了建議，果然在極短的時間內，就底定了關中。

就在此時，項羽正忙著平叛、攻打齊地，劉邦趁此機會，便率兵出關。出關時，項羽派人殺了義帝（原來命劉邦入關中的楚懷王），這一殺，恰恰給了劉邦最好的出兵理由。於是，劉邦號召諸侯討伐項羽，為義帝復仇（義帝原是名義上的共主，項羽把他殺了，等於是以下弒上）。劉邦率領了五諸侯軍，共五十六萬人，浩浩蕩蕩，便攻進項羽的首都彭城（彭城就是現在的徐州）。一進彭城，劉邦得意忘形、原形畢露；開始大吃大喝、置酒高會，然後金銀財寶、醇酒美人，樣樣都來。正當劉邦痛痛快快時，項羽已率領幾萬人從齊地回擊，一下子，就大破劉邦聯軍。結果，劉邦的數十萬軍隊，被項羽那幾萬人一路追殺，潰不成軍。最後，幸好是上天幫了他大忙，颳起一陣超級的沙塵暴，劉邦才九死一生、逃了出來。

瞬間轉化的天才劉邦

劉邦回關中後，重整旗鼓，在後來數年間，便於今天的河南滎陽（鄭州西邊）附近與項羽長期拉鋸。這地方靠近黃河，附近有一個敖倉。敖倉存糧甚多，有助於劉邦與項羽的長期對抗。在這楚漢相爭的過程中，有幾個比較經典的故事，我們必須看看。

看五十七小頁第二行下面。**楚漢久相持，未決**，楚漢雙方在滎陽附近相持了很久，無法決定勝負。**丁壯苦軍旅，老弱罷轉饟**，年輕力壯者在軍旅中受盡苦楚，老弱殘兵則是負責後勤支援，也深感疲憊。這時候，漢王跟項羽在廣武那邊有個對話，請大家翻到〈項羽本紀〉六十小頁第四行，項王對漢王說：**天下匈匈數歲者**，天下這幾年的洶洶不平，**徒以吾兩人耳**，就只是因為我們兩個人，既然如此，我看咱們就別再連累無辜了！**願與漢王挑戰決雌雄，毋徒苦天下之民父子為也**。項羽跟劉邦提議：別因為咱們兩個連累了天下那麼多無辜者，現在最簡單的方法，就乾脆咱們兩個單挑吧！呵呵！漢王聞聽，又是怎麼回應的呢？**漢王笑謝曰**，笑著婉拒，說道：**吾寧鬬智，不能鬬力**。我寧願跟你鬥智，可沒那能耐跟你鬥力呀！意思是：我單挑哪是你對手呀？事實上，真要一對一單挑，豈只劉邦，普天之下，壓根沒人可以是項羽的對手。

項羽這個提議，滿好玩的。打到後來，項羽其實也打不下去了。他雖然百戰百勝，可卻無以為繼。一方面是罩不住諸侯，樹敵過多，疲於奔命；二方面也是後方空虛，少了一個蕭何這樣後勤支援的角色。所以，項羽才會講出這麼好笑的話：乾脆，咱們單挑吧！結果，漢王不跟他單挑，反而在廣武那邊，數落了項羽十大罪狀。現在我們翻回〈高祖本紀〉，看五十八小頁，倒數第三行。劉邦數落了對方十條罪狀之後，做了個總結：**吾以義兵從諸侯、誅殘賊，使刑餘罪人擊殺項羽，何苦乃與公挑戰**。我派些刑餘罪人去擊殺你就好了，又何必要直接跟你挑戰?!**項羽大怒，伏弩射中漢王**。項羽被激怒之後，就用伏弩射中了漢王。

下面三句，非常精彩：**漢王傷匈，乃捫足曰：虜中吾指**！這叫什麼？這就叫做天才！當時項羽一射，射中了劉邦胸部；劉邦中箭後，當下抓住自己的腳，喊道：哎呀，項賊射到我的腳趾頭！這樣的舉動，如果不是天才，是做不來的。不信，咱們射一次看看?!哈哈！

這種瞬間的轉化，是天才特有的反應，確實，我們都做不來，只能佩服他。而這種本領，壓根也不是別人教的，絕對不是張良對他行前教育：萬一被射中了胸部，趕緊就抓住腳趾；如果射中了頭部，那就按住手指頭，……呵呵！不可能嘛！這絕對不是教出來的嘛！因此，我們只好說：劉老三這傢伙，真是天才！大家知道，他做這動作幹嘛？當然是為了安定軍心。射中胸口是件多嚴重的事，可射中腳趾頭，那就輕微多了，對不對？這是無法相提並論的。如果你又問，劉邦是怎麼想到的？我想，在這樣的狀況下，劉邦其實是沒思考、也沒計算，壓根就沒有想不想得到的問題，基本就是個反射動作，直接就抓住了腳趾頭。正因為不假思索，所以張良才會嘆息說道：沛公殆天授！沛公的天分，乃上天所授，我們學不來的！

劉邦這一個反應，是他自己的天才之作；接下來，則是他與張良君臣二人的聯手之作。**漢王病創臥，張良彊請漢王起行勞軍，以安士卒。**被射中了胸部，當然嚴重，得臥病在床，可張良不讓他好好躺著，偏偏要他強忍劇痛、勉強起身，出去轉一轉、勞個軍，再告訴大家：沒事，傷個趾頭，算什麼?!

將才項羽與將將之才劉邦

接下來，楚漢相爭數年後，垓下之圍，劉邦把項羽滅了。箇中過程，我們在〈項羽本紀〉會談得比較詳細，這兒就先擱著，直接跳到劉邦打下了天下，看六十五小頁，第四行下面，**高祖置酒雒陽南宮**（天下底定後，一開始劉邦定都於洛陽），有一回，高祖在洛陽的南宮宴請諸侯將領，說道：**列侯諸將無敢隱朕，皆言其情**。各位諸侯、將領，你們甭瞞我，大家就老實說說：**吾所以有天下者何？**憑什麼最後是我打下了天下？**項氏之所以失天下者何？**而項羽明明已然到手的天下，最後為什麼又得而復失呢？

這真是個大哉問。後世之人，為了這個問題，已經討論了整整兩千多年；想來，當年劉邦這班人也時不時就拿起來聊聊。**高起、王陵對曰：陛下慢而侮人，項羽仁而愛人。然陛下使人攻城略地，所降下者，因以予之，與天下同利也。項羽妒賢嫉能，有功者害之，賢者疑之，戰勝而不予人功，得地而不予人利，此所以失天下也**。將來我們讀〈淮陰侯列傳〉，也會看到韓信類似的講法，說得還更精闢些。簡單地說，就做人的禮貌而言，劉邦顯然是糟糕透了；若用現在的話來說，劉邦實在是沒什麼「教養」。他的「慢而侮人」，是所有人的共識。大家都清楚，劉老三永遠都隨隨便便，喜歡鬧人、喜歡玩弄人，從來不把一般的世俗客套當一回事。至於項羽，那就完全不一樣了；項羽貴族出身，顯然有「教養」多了：他對人客氣，很有禮貌，也很有愛心；部屬受傷生病時，會親自照顧，甚至照顧到自己眼淚都掉了下來，全然不似劉邦那樣地沒血沒淚。這是兩人極大的對比。

但有意思的是，等到打天下時，任何人有了功勞，劉邦很阿莎力，該給就給、該賞就賞，沒啥可猶豫。劉邦光棍出身，什麼東西都是生不帶來、死不帶去。有，就給；沒，再說；沒什麼好糾結的。可是，項羽就不一樣了。屬下有功勞，該論功行賞，項羽這時便會考慮再三：他真有此能耐嗎？他配得上這賞賜嗎？項羽自己很行，所以總覺得別人不夠行。後來韓信就說了，項羽明明已經答應封人為侯，印都刻好了，卻會再三猶豫，邊考慮、邊摩娑，結果把印章都磨得缺角了，還捨不得給人家。項羽的性格就是這樣。一方面仁而愛人，一方面又啥都捨不得；打起仗來爆發力何等強大，可優柔寡斷起來又是無與倫比。這看來是反差，但其實是一體兩面。

高起、王陵這樣的說法，當時是個常識，大家幾乎都這麼看。可是，劉邦覺得不僅僅只是如此：**公知其一，未知其二。夫運籌策帷帳之中，決勝於千里之外，吾不如子房。鎮國家，撫百姓，給餽饟，不絕糧道，吾不如蕭何。連百萬之軍，戰必勝，攻必取，吾不如韓信。此三者，皆人傑也，吾能用之，此吾所以取天下也。項羽有一范增，而不能用，此其所以為我擒也。**這段話非常有名。這是劉邦的自我判斷，他覺得最後之所以能贏項羽，關鍵正在於：他會用人。換句話說，劉邦自認為是個「將將之才」。無論就計謀、後勤、征戰等等能力而言，劉邦都比不上張良、蕭何、韓信等人，可是，劉邦卻有能耐用得了他們。這種「將將之才」，其實極難。因為，愈是將才，愈是難用。假使你自認為很有能耐，一旦用人，就很容易用自己的能力與標準去評斷，這嫌一下、那嫌一會；問題是，真正的將才，豈能忍受如此地東嫌西嫌？最後的結果，必然是愈自以為有能耐，就愈只能用得了庸碌之才，根本不可能長時間重用得了真正的將才。

真正的「將將之才」，固然要有領袖氣質（看起來就像個「老大」，別人願為所用），但更重要的，則是要有「虛心」的能耐。這「虛心」，跟一般人所說的「謙虛」並不相同，說白了，就是即使自己真有本事，也能不當回事。他甚至能連自己的虛心也不當回事。這樣的生命特質，就比儒者所強調的「謙虛」更豁達、更大氣，也更能一眼看出誰有能力，更能真心地欣賞別人的好處。這樣的人，才可能是「將將之才」。

一般有能力、有學識的人，可以成為將才，卻很難成為「將將之才」。因為他們會在意自己的能力與學識。一旦在意，就會受其所執。一執，能力與學識就會反過來變成阻礙；阻礙他們如實地領略別人的好。在座各位都是有學識、有能力的人，當我們面對劉邦這種能拋開一切的厲害角色時，就可以觀照到自己的某些不足。

定都

接下來，**高祖欲長都雒陽，齊人婁敬說，及留侯勸上入都關中，高祖是日駕，入都關中**。劉邦本來想定都在洛陽，洛陽的好處，是有漕運、輸糧之便，風土民情也沒離沛縣太遠，另外，關中當時已然殘破，若建都於此，得再大興土木。可儘管如此，齊人婁敬（劉敬）與後來的張良仍先後從長遠的角度，勸劉邦定都關中。劉邦一聽，有道理，當天就決定啟程，遷都關中。

同樣是定都，當年項羽進了咸陽，有人也勸他要留在關中，但項羽的反應又是如何？他說打下了天下，就一定要回彭城；富貴不還鄉，就豈不等於是錦衣夜行嗎?!事實上，劉邦想不想衣錦還鄉？當然想呀！只不過，想，是一回事，可做為一個王者，就得割捨掉這種人之常情。但凡王者，該割捨就得割捨；如果割捨不了，格局就小，氣象也沒，最後就會誤了大事。

再看八十小頁，第四行，這邊就是剛剛說的，不管是誰，都會想衣錦還鄉。尤其劉邦這把年紀，六十多了，對故鄉的思念之情，肯定只會愈來愈深。底下這一段，就寫得很清楚。這一回，是因為黥布（黥布與韓信、彭越並列漢初三大異姓王）造反，劉邦不得已，拖著病體，硬撐著御駕親征；當把黥布的主力打垮後，高祖**令別將追之**，命令其他的將領追擊，他自己則**還歸，過沛**，在回長安的路上，順道回了一趟沛縣老家。**留，置酒沛宮**，就在沛宮（高祖在沛縣的行宮）那邊置酒。**悉召故人父老子弟縱酒，發沛中兒得百二十人，教之歌。酒酣，高祖擊筑，自為歌詩曰**，劉邦擊著筑，當場唱了一首歌，就是大家非常熟悉的〈大風歌〉：**大風起兮雲飛揚，**

威加海內兮歸故鄉，安得猛士兮守四方。

上次我在《中國時報》發表那篇〈消散迷失已久的魂魄，久違了！〉，後來接到席慕蓉老師的電話。席老師讀了這篇文章，很感動，打算隔天在金石堂的詩歌朗誦會就朗誦劉邦這首〈大風歌〉。她覺得這首詩非常好。她說，這幾年主審許多文學獎的新詩獎項，多次說道：為什麼新詩得獎的作品，非得要寫個四十行、六十行那麼長？為什麼不能寫短一點就好？唐詩裡那麼多短詩，尤其劉邦的〈大風歌〉，也就這麼三句，可氣魄卻如此之大；今天參賽者寫了數十行、甚至上百行，卻完全談不上任何氣魄。席老師這話說得好。事實上，劉邦有沒有文學天分？大概沒有吧！他只不過是勉強認識一些字而已。可是，就因為他的氣魄大，你看，這詩多好！

然後，**令兒皆和習之**，命令那一百二十個小兒，皆和習之。下面這一段很感人。當這一百二十個小兒齊唱著〈大風歌〉，唱著唱著，**高祖乃起舞**，至於怎麼起舞，現在我們不太能想像。因為中國人自宋代以後，開始變得不會跳舞。大家回想一下，現在的中國人其實是不知道怎麼跳舞的，這跟宋、明之後整個中國文化的萎縮是有關係的。我一直好奇當時劉邦跳舞是怎麼一個模樣？**慷慨傷懷，泣數行下**。劉邦慷慨傷懷，不禁掉下了眼淚。**謂沛父兄曰：游子悲故鄉。吾雖都關中，萬歲後，吾魂魄猶樂思沛**。高祖對著沛縣的父兄說：雖然人在關中，可是在百歲之後，他的魂魄依然會眷戀著沛縣老鄉呀！後面跳過，看到倒數第四行：**沛父兄諸母故人，日樂飲極驩，道舊故，為笑樂十餘日**，就這樣暢懷痛飲、敘舊道故十幾天後，**高祖欲去，沛父兄固請留高祖**。**高祖曰：吾人眾多，父兄不能給**。我們人這麼多，大家供應不了；再待下去，會吃垮掉的。**乃去**，於是就離開了。結果，才一離開，**沛中空縣，皆之邑西獻**，整個沛縣為之一空，所有人都跟在高祖後頭，往西而走（劉邦要往西回長安）。走了片晌，吃飯時間到了，沛縣父老就又開始獻牛、獻羊、獻酒食。**高祖復留止**，劉邦只好又停了下來，**張飲三日**，（「張」就是「帳」），搭了帳篷，又在那邊喝了三天，最後才回去。你說，他想不想回故鄉？當然想，他不僅活著想，連死後都「魂魄猶樂思沛」呀！

劉邦生前身後事

最後看八十三小頁最後一行。**高祖擊布時，為流矢所中**，劉邦出兵攻打黥布時，被流箭射到，病情很嚴重，**呂后迎良醫，醫入見。高祖問醫，醫曰：病可治**。醫生回說：這病可治。**於是高祖嫚罵之**，劉邦一聽醫生說病可治，就開始謾罵：**吾以布衣提三尺劍取天下，此非天命乎？命乃在天，雖扁鵲何益**。罵完之後，**遂不使治病，賜金五十斤罷之**。以前的醫生沒有醫療糾紛的問題，中醫又深知「攻心為上」的原理，為提高患者信心、增添治療效果，醫生總會將治療的把握說得高一些。有三分勝算，就說七分話；有七分可能，就告訴你沒問題、放心好了。至於說「病可治」，就意味著病可試著治一治，但能否治得好，就沒人知道了。這話的潛台詞，是這病治不了了。劉邦一聽，當然知道意思，所以就罵了一頓，可罵歸罵，還是又賜給大夫五十斤的黃金。大夫用心良苦嘛！

大夫的用心良苦，不僅劉邦聽得出來，一旁的呂后也聽明白了，於是，**呂后問：陛下百歲後，蕭相國即死，令誰代之？**將來您去世後，等到蕭何也死了，誰來接替他呢？劉邦說：**曹參可。問其次，上曰：王陵可。然陵少戇，陳平可以助之。**從這段看來，劉邦外表是個粗人，可心裡頭，還真是比誰都明白。底下一群人的斤兩，他心裡明鏡似的。而後來的實際情況，幾乎就跟他交代的完全一致。蕭何死後，果真是曹參繼位；曹參之後，則是王陵，但王陵戇（戇就是憨厚，就是閩南話說的「土直」），為人忠厚，個性老實，又有一點固執，這時，陳平可以幫幫他。但是，劉邦接著又說了句很妙的話：**陳平智有餘，然難以獨任**。

陳平沒辦法單獨擔當相國的大任。為什麼？因為太聰明了。太聰明的人，就是不夠厚重。一個人稍微笨一點，有時候是好事。笨，是看來笨拙，可心裡面又很清楚。蕭何跟曹參都有這個特質。相較起來，陳平聰明外露，比較缺乏宰相的厚重感。宰相調和鼎鼐，又要藏汙納垢，不能老跟別人針鋒相對，也不能說話讓人啞口無言。陳平聰明得不得了，可在劉邦的眼裡卻是得排到第三、第四以後，而且，還不能單獨當宰相。這很有意思。

接著，劉邦又說：**周勃重厚少文，然安劉氏者必勃也，可令為太尉**。周勃很厚重，可是沒什麼文化，是徹徹底底的粗人一個，但是，「安劉氏者必勃也」，可以令他為太尉（太尉是最高的軍事長官）。**呂后復問其次**，呂后又問道，再來呢？劉邦回說：**此後亦非而所知也**。再下來的事情，妳也管不到了。妳以為妳還能活多久呀？

太史公評劉邦

最後請大家看八十七小頁最後一行，**太史公曰**，司馬遷最後這個「太史公曰」講得非常好。**夏之政忠，忠之敝，小人以野**，整個夏朝的政治，如果用一個字來概括，就是「忠」，質樸。大家都知道大禹治水，從大禹一開始，夏朝整體的格局就是質樸。但是，事物有利有弊，質樸固然好，但最後產生的流弊，就是「小人以野」。一般百姓過度質樸，缺乏收束，就容易變得粗野。**故殷人承之以敬**，所以商代建立之後，立國精神就轉成了「敬」，把老百姓原先過度粗野的情形給收束起來。可是「敬」過了頭，後來產生的弊病，就是**小人以鬼**，一般百姓會變得這也敬畏、那也敬畏，這也怕、那也怕，變成了迷信。然後，**周人承之以文**。過度迷信之後，周人開始強調人文的世界，結果，**文之敝**，**小人以僿**。這樣的禮樂人文世界，一開始彬彬有禮，很好，但後遺症則是「僿」，變得虛偽，徒有「禮」的形式，可是骨子裡都不是那回事了。這就是「僿」，只剩下一個軀殼，就像後來所說的「禮教殺人」。「禮」大家都會做，可是骨子裡的性情沒有了，就像《紅樓夢》裡的那班男人，因為是世家子弟，個個都知禮守禮，可是那些禮全都是假的。嘴巴裡、外表上，統統到位，可骨子裡，卻完全不堪。周代後期也有類似的情況，因為強調人文、強調禮教久了，就容易有這樣的後遺症，所以，**救僿莫若以忠**。這個「僿」怎麼辦呢？就是先打掉禮的外在形式，再重新回到質樸。**三王之道若循環**，**終而復始**，三代之間就有著如此終而復始的循環在。

周、秦之間，可謂文敝矣。在周、秦之際，禮樂人文產生非常大的流弊，**秦政不改**，秦沒在這個地方調整，反而用了嚴刑酷法。**豈不繆乎？故漢興承敝易變，使人不倦，得天統矣**。到了漢朝，針對禮樂人文的後遺症，重新回到了質樸；如此一來，人的生命狀態有了轉換，也符合天道運行的規律。

漢初最大的特質，就是質樸，剛剛我們看到劉邦所談的蕭何、曹參，尤其周勃的厚重少文、可堪大任，漢初就是一群這樣子的人。看來沒什麼文化，但都很質樸，這就變成漢朝的家風。正因如此，後來即使魯迅那麼反傳統的人，看到漢磚、漢瓦的大氣與質樸，都不禁要心生佩服。

司馬遷寫「太史公曰」，有非常多不同的筆法。就像整篇的〈高祖本紀〉，司馬遷從劉邦未起時一路寫來，到起兵、到成就大事、再到安排後事，講得這麼清楚、這麼詳細，最後在「太史公曰」，卻沒有針對劉邦個人的是非成敗來做評論，反而是談一個新朝代該有的氣象。這樣的角度，不是個人的得失，而是天道興衰的消息。這就是司馬遷所說的「天人之際」。這如果用我們現在的話來講，就是所謂的「歷史哲學」；如果用中國傳統的話來講，就是掌握到整個歷史的氣運。司馬遷從這個角度來做〈高祖本紀〉最後的論斷，是站在一個非常高的歷史高度。

同樣的歷史高度，其他人也談得很有意思。譬如〈呂太后本紀〉，從呂后失去劉邦寵愛，繼而把戚夫人變成了「人彘」，再進而整肅朝廷、大封諸呂為王，最後死後功臣反撲……整個〈呂太后本紀〉裡，我們看到最多的權力傾軋與腥風血雨：她殺了誰、誰又反撲了。但最後的「太史公曰」，司馬遷隻字不談這些。他只說：**孝惠皇帝、高后之時，黎民得離戰國之苦，君臣俱欲休息乎無為，故惠帝垂拱，高后女主稱制，政不出房戶，**

天下晏然。刑罰罕用，罪人是希。民務稼穡，衣食滋殖。他說孝惠皇帝和呂后的時代，能與民休息，無為而治。一般百姓得以脫離戰國時代的苦痛，天下太平，沒幾個罪人，老百姓的生活迅速恢復，漢朝的元氣就從此一步步恢復了。

這段「太史公曰」完全不談呂后生前死後的權力關係，談的是歷史的另外一面。任何一個社會，粗粗分來：一個是顯性世界，另一個是隱性世界。呂后時代的顯性世界，就是那一連串的權力鬥爭，這也是大家習以為常的關注點；可在「太史公曰」，司馬遷則又提醒大家一個更要緊的隱性世界的存在：當時天下太平，百姓富足，一個四百年的漢家天下已經開始打好了基礎。如果我們看一個時代，能像太史公具有如此宏大的視角，慢慢就能明白什麼叫做「天人之際」。

【提問環節】

一、這門課所講的天人之際，與一般的因果命定論，有什麼樣的不同？

答：

中國人講天人關係，通常不會說得太確切，中國的宗教因此也一向不太發達。中國人信神是在若有似無之間，一直到現在，民間多半仍像我父親所說的：神要信，但也不能太信。因此，中國人一向相信有命，卻不喜歡說「宿命」；大家相信因果，卻也不習慣把因果講得太絕對。

至於講「天人之際」，則是既有「天」的因素，也有「人」的成分。如果單單強調天，人像個傀儡，啥都被安排好了，那就活得太沒意思了。相反地，人如果為所欲為，以為人定勝天，意志可以決定一切，那當然也是人的狂妄。人只要過度狂妄，最後天就會滅人。在歷史發展的過程中，人當然可以扮演一定的角色，可是面對更大的必然、更大的因果關係與更大的自然規律時，人就必須保持著敬畏。在自由與敬畏之間如何拿捏，就是這堂課所要談的「天人之際」。

二、聽說漢武帝讀到〈高祖本紀〉時，氣得把書摔在地上，覺得司馬遷汙辱了他的曾祖父劉邦，不知道是因為看到了哪些段落？

答：

在〈高祖本紀〉裡，會有引起如此反應的段落，但〈項羽本紀〉中，應該會更多一些。因為〈高祖本紀〉對劉邦的著墨，比較是「正統」的角度。可在〈項羽本紀〉，更多是以項羽（或是一個旁觀者）的視角來書寫劉邦，就沒那麼多顧忌，反而寫了更多容易引起爭論的內容。但不管如何，在這兩卷書裡，的確記載了滿多劉邦看來很無賴的事情，譬如我們後面會提的踹小孩與烹太公。這些事如果以一般的人情來看，顯然都很難被接受。當然，隨著深度與視角的不同，這事會有不同的體會與理解。但多數人看了，都還是會起反感的。所以，當時漢武帝看了想摔書，我覺得挺合理的。尤其做為後代子孫，面對自己的祖先（而且還是高祖）被寫得如此「不堪」，必然是「是可忍，孰不可忍？」至於到底是哪些段落引起漢武帝如此憤怒，我想，只要把這兩卷書的內容讀給大家聽聽，許多人一聽就開始皺眉頭的，大概，就是這些段落。

第三堂

項羽的二三事

今天開始讀〈項羽本紀〉。先看第二小頁。**項籍者，下相人也，字羽。**所謂項籍，籍是名，羽是字，現在大家都稱呼他的字，喊他項羽。項羽是下相這邊的人。關於下相，我們可以稍微提提。

大家看一下注解裡的索隱，下相，縣名，屬臨淮。案，應劭云：「相，水名，出沛國，沛國有相縣，其水下流，又因置縣，故名下相也。」請大家看這個，是了解一下「下相」的大概位置。後面的考證寫得更簡要：下相，江蘇徐州府宿遷縣西。換言之，下相在徐州附近。

上回我們看劉邦，劉邦是沛縣人；這回談項羽，項羽是下相人。沛縣位於徐州西北邊，下相則在徐州的西南邊。往後，我們陸續還會看到有一批關鍵人物，住的離此都沒太遠。他們住在哪裡？都在淮河附近，也就是我們一般所說的南北界線。大家知道，現在即使交通發達了，大陸南方人與北方人的差異還是很明顯的。我遇到一些朋友，彼此聊天，最後都還會問對方一句：你是南人還是北人？中國統一了幾千年，可南北的差異至今仍然非常明顯。這種差異，一是地理上，二是文化上。淮水恰好就是在這南北交界上。在交界地帶的人，常常兼得兩邊的特性，也常常分不清到底屬於哪邊。他們有時不南不北，有時似南又北，沒那麼穩定；可另方面，他們比較有開創性，甚至，也比較有反骨。

這一條線，除了秦末這批造反、打天下的人物之外，後來又出現過一個關鍵角色，那就是元朝末年的朱元璋，安徽鳳陽。不過，到了清朝末年，最重要的文化界線，就不再是南北差異，而是中西差異了。所以，清朝末年出最多這種人的地方在哪裡？在廣東。大家知道，從乾隆開始，廣州一口通商，廣東就是中國唯一與西方來往的地方。所以，洪秀全為什麼會造反？孫中山為什麼會造反？因為，他們都是廣東人，都是在文化交界地帶激盪出來的人。這種交界地帶的人，壞處是沒有那麼純正，好處則是兩邊都看，眼界開闊，比較不容易被侷限。

說到這裡，台灣本來也可以扮演這種大開大闔、充滿創造力的角色。在二十年以前，我們確實扮演過類似的角色，可惜，現在慢慢放棄、變成沒有角色了。為什麼？因為我們位於中西方交界，論根本，是中國文化；面對的，則是西方文化。但這些年來，我們卻刻意忽視了中國文化。忽視中國文化，沒了根本，就沒有底氣，又怎麼開創得了未來呢？沒根本，自然找不到著力點，難怪年輕人飄在空中，一個個只能「小確幸」。這麼一來，上天給我們的地理優勢，霎時就浪費掉了，這當然可惜。

回到正文。**初起時，年二十四**。這裡的「年二十四」，跟劉邦對比，相差就大了。簡單說，項羽是英雄出少年，至於劉邦，從來不是英雄，也沒人覺得他是英雄。**其季父項梁**，他的叔叔是項梁。**梁父即楚將項燕**，項梁的父親項燕，就是戰國末年**為秦將王翦所戮者也**。換言之，項燕也是很重要的楚將。項燕跟項羽到底是什麼關係？有兩個可能：一是叔公，另一是祖父，要看項梁是他親叔叔還是堂叔，不過，這不算重要。總而言之，**項氏世世為楚將，封於項，故姓項氏**。這段有兩個關鍵：一，項羽出現在歷史舞台時，才二十四歲；二，他是世家子弟，出生在一個世代為將領的家族。這兩點，跟劉邦當然完全不同。

項籍少時，學書不成，去學劍，又不成。學書就是讀書認字，沒學成；然後又學劍，也沒成。項梁看他如此缺乏恆心，很生氣，項羽回說：**書足以記名姓而已，劍一人敵，不足學**，這都沒什麼好學的。要學，就**學萬人敵**。

結果，**項梁乃教籍兵法**，兵法一教，**籍大喜**，可是，**略知其意**，**又不肯竟學**。這句話很重要。項羽後來打下了天下，可不多久，隨即又得而復失，其中很重要的原因，就在於項羽是個沒有謀略的人。他布陣滿行的，可若要做長久的規畫，就沒能力了。換言之，項羽是個戰術能力非常強的天才，但他卻是一個沒有戰略的人。戰略需要深謀遠慮、長久打算，可項羽當初在學兵法的時候，略知其意，又不肯竟學，這就成了他日後的罩門。

看第四小頁，**項梁殺人**，他叔叔殺人，**與籍避仇於吳中**。上回提過，秦法雖嚴，可其實還滿疏的；所以有一票人殺人之後，避仇、跑路，似乎還挺容易。不僅跑路，大家有沒有發現：項梁是個亡命之徒，竟然還在會稽郡守底下當個很重要的角色！哪像個通緝犯?!總之，項梁跟項羽到吳地避仇，吳地在江南，蘇州附近，**吳中賢士大夫皆出項梁下**。**每吳中有大繇役及喪**，**項梁常為主辦**。繇役，就是動員民眾去進行公共工程；大的繇役，需要有強大的指揮調度能力。至於「喪」，則是一樁中國特色。因為，全世界鮮少有一個文明像中國那麼重視喪事；尤其秦這樣的時代，政府防百姓如此之嚴，成天擔心大家沒事聚在一起；不管啥事情聚在一起，政府都禁止，但唯一不能禁的，就是喪事。結果，在這種高壓的時代裡，喪事就變成某些人聚眾的最好機會。所以，當地所有的喪事，都由項梁主辦；項梁把喪事變成了練兵的機會。不僅匯集所有的豪傑，也不斷測試如何運用與調度，所以，**陰以兵法部勒賓客及子弟，以是知其能**。

後面這一段，之前講過：**秦始皇帝游會稽，渡浙江，梁與籍俱觀。籍曰：彼可取而代也**。這顯示出項羽的霸氣與爆發力。結果，**梁掩其口，曰：「毋妄言，族矣！」梁以此奇籍**。就因「彼可取而代也」這句話，項梁從此對項羽刮目相看。

與人有隔，便難成事

籍長八尺餘，古代的八尺大概多長呢？中國的「尺」，每個時代的長度都不太一樣，絕不可能是現在的一尺。現在的一尺是三十幾公分，如果八尺，那就比姚明還高了，當然不可能。秦代的尺，大概二十二公分左右。八尺有餘，加加乘乘，大概就是一百八十幾公分。至於劉邦，《史記》沒寫多高，因為肯定不高。項羽比較厲害的是，**力能扛鼎，才氣過人**。重要的是下面那一句話：**雖吳中子弟皆已憚籍矣**。即使吳中的那些子弟，大家對項羽都會有所忌憚。「憚」，是一個關鍵字。前兩回讀〈高祖本紀〉，印象中，絕對沒有任何人會「憚」劉邦。劉邦會讓人嫌、讓人厭，也可能會讓人喜歡、讓人沒距離感，可是，他不會讓別人怕。至於項羽，則會讓別人怕。會讓別人怕，就是與別人「有隔」。

講到這點，我想到中國文明後來有個重要的轉變：儒家與天下人的逐漸「有隔」。早先，孔子會不會與人「有隔」、讓別人感到「憚」呢？基本不會。當時的人，似乎不太怕孔子；可能有人會批評他，也有人會喜歡他，但總地說來，大家都挺願意跟他說說話。不管是正面反面，也不管是毀是譽，他總讓人不覺得「有隔」。可到了後代儒者，尤其宋明理學之後，給人的形象總是「有隔」、讓人覺得會「憚」。大家記得程伊川（程頤），程門立雪，對不對？說是「師道尊嚴」，但學生怕成這樣，終究不太對！後來的讀書人，多少都遺傳了這個文化基因。大家過去對老師的印象，多少都還是有點怕。怕，不是壞事；可是如果怕多了，就會「有隔」。做為一個老師，能讓學生尊敬，當然好；可尊敬過頭，變成只有敬、無有親，甚至變成「憚」，那問題就大了。

有「憚」，便容易與人隔閡；有隔閡，就難以成事。後來的「百無一用是書生」，多少是源於此。自孔子之後，儒者就不容易再看到那種可以和學生說說反話、讓學生也吐吐嘈的人了，更別說像劉邦那種能瞬間與人融為一體的大本領。這些問題，都是從「憚」這個字眼所聯想到的。

出名要趁早？

接著，**秦二世元年七月，陳涉等起大澤中。其九月，會稽守通謂梁曰**，項梁所住的會稽郡，郡守名曰「通」，對項梁說：**江西皆反**，這裡的「江西」，說明一下：從江西省的九江開始，經安徽，再到南京的這一段長江，主要的流向，除了由西向東外，更多，是由南往北。等過了南京，才又大致恢復大江東去的方向。因此，皖南、蘇南、浙北這一片，如果從由西向東的長江來看，就叫「江南」；可由南往北流的角度看，又可名曰「江東」。

所以，江南跟江東，基本重疊。同樣的道理，「江北」也可以叫「江西」。這邊所說的「江西皆反」，其實，就是指長江以北。

會稽郡守說，江西都已經反了，**此亦天亡秦之時也**。**吾聞**，我聽說，**先即制人，後則為人所制**。**吾欲發兵，使公及桓楚將**。郡守說要出兵，請項梁與桓楚為將。這時，**桓楚亡在澤中**。**梁曰：桓楚亡，人莫知其處，獨籍知之耳**。桓楚的情況，有點像那時的劉邦，都正亡命著。只不過亡命時，劉邦往山上跑，桓楚則是向水邊躲。畢竟，江南是水鄉澤國，近水之處容易藏身。**梁乃出誡籍**，項梁就告誡項羽：**持劍居外待**，拿著劍在外頭候著。**梁復入**，項梁又進去，對郡守說：您可以召項羽進來了，**使受命召桓楚**，讓他受命去召回桓楚。郡守答應後，項羽進來，一下子，**須臾**，**梁眴籍曰**，使了一個眼色，對項羽說道：**可行矣**。底下，是關鍵。**於是**，**籍遂拔劍**，**斬守頭**。項羽在所有人來不及反應下，瞬間拔劍，就把郡守的頭給斬了下來。項羽這種爆發力，史上少見。他的爆發力很像什麼人？很像日本武士。也正因如此，日本人似乎對項羽普遍具有好感。項羽性格中某種決絕，某種寧為玉碎、不為瓦全，確實，都跟日本人比較接近。這很有意思。

項羽把郡守的頭斬下來，**項梁持守頭，佩其印綬。門下大驚擾亂**。這時，**籍所擊殺數十百人**，項羽一口氣殺了數十百人，也就是近百人。最後，**一府中皆慴伏，莫敢起**。這樣的畫面，只要稍稍想像，都能感覺到：哇，夠嚇人的！一下子殺了近百人，類似的事情，最後我們講垓下之困項羽突圍時，「下馬步行，持短兵接戰」，也是一口氣「殺漢軍數百人」。他這樣的能力，幾乎是舉世無敵。

從此，項梁就帶著項羽開始出兵。接著看第七小頁倒數第三行。**項梁乃以八千人渡江而西**，後來大家說的八千江東子弟兵，就是從這而起。渡江而西，剛剛講了，就是往江北而去。往江北之後，他們首先取得了東陽。之所以拿得下東陽，是因為有個關鍵人物，陳嬰。於是，司馬遷岔出去講了陳嬰。而陳嬰的重點，卻是他有個特殊的母親。請翻到第八小頁。陳嬰本是東陽的公務員（吏），當時東陽一如中國各地，聞聽陳勝起義之後，也響應、也起兵、也殺原來的郡守或縣令。這時，東陽縣的縣令被殺，大家拱陳嬰出來。拱他的原因，請看第一行，**居縣中，素信謹，稱為長者**。大家敬重他，視之為長者。**東陽少年殺其令，相聚數千人，欲置長，無適用，乃請陳嬰。嬰謝不能，遂彊立嬰為長**，最後一定要立陳嬰為長。陳嬰正猶豫之時，他老媽出來說了話。大家看第五行，陳母對陳嬰言道：自從我當陳家的媳婦以來，**未嘗聞汝先古之有貴者**，沒聽過你們家之前有顯貴之人，**今暴得大名，不祥**。既然從無顯貴之人，今天你卻忽然要被立為王，如此暴得大名，是件不祥之事呀！

上回講到劉邦入關時，已談過「不祥」。這回，陳母說的是，「暴得大名，不祥」，換句話說，假使陳嬰一如項羽那樣的家世，別人拱立為王，這沒問題。可是，陳嬰世世代代壓根沒一個上得了檯面的人，今天卻一下子要被拱為王，這是暴得大名，乃不祥之事也。這種「不祥」的「暴得大名」，如果用我們現代人的角度來看，其實很多人是非常羨慕的，對不對？目前媒體最常出現的一個字眼，不就是「暴紅」嗎？

天底下，有兩件大麻煩事：一是暴紅，二是年少成名。剛剛沒上課前，正強（案：這門課的上課學員）聊到，當年他曾去機場接過胡蘭成先生；上回，李教授（案：亦是此門課學員）也提到，他在日本旅居時，曾見過胡先生兩次，這很特殊。提了胡，自然又說到張愛玲；李教授說目前張愛玲在台灣很紅，大陸更紅。不過，對於張愛玲，我還是多一些保留。保留的原因，是因為看了張愛玲晚年的照片。大家知道，人過五十，就得替自己的相貌負責任。大家看看張愛玲晚年的照片，唉！人生該有的滋潤與愉悅，似乎，都沒了。臨死前她最後那張照片，像風乾橘子皮一樣，整個人是乾枯、萎縮的，讓人看了真是無限感慨。一個聰明絕頂之人，在怎麼樣的精神狀態下，會把自己弄成那種境地？我想，首先是張愛玲那種強烈的個人主義，此外，多多少少，也跟她的太早成名有關係。

張愛玲最有名的那句話：「出名要趁早」；的確，早早成名，春風得意，豈不快哉！但是，這樣的暢快，固可一時，卻難長久。暢快之後，問題是：再來呢？能不患得患失嗎？能心平氣和地面對必然會有的起落嗎？事實上，真要做到不患得患失，真能心平氣和地面對起落，很難，通常得有一些生命經驗的累積與鍛鍊。像我們這種年輕時壓根沒人理會的人，慢慢走到了四十來歲，開始有些起落，問題就不算大；反正，即使沒人理會，我們也早習慣了。如此一來，心裡才比較有辦法不以物喜、不以己悲。但對於一個暴紅或過早成名的人，要求他能夠不以物喜、不以己悲，的確有很高的難度。所以，陳嬰的母親說「今暴得大名，不祥」，確實有種宏觀與高度，很了不起。

接著，她又說道：**不如有所屬**，不如找個依靠，事成可以封侯，事敗也比較容易逃亡。為什麼？**非世所指名也**，畢竟，不是首要目標嘛！這就叫老二哲學，別強出頭！

這種「身未升騰思退步」（一步都還沒踏出，就開始想著退路）的想法，是中國文明的特色。從壞處來講，這似乎很難產生強大的爆發力；可好處呢？這樣的思維，容易氣息綿長、造就一個長壽的文明。相較而言，西方當然有爆發力，可今天上課前，我才剛看到《聯合報》的頭版頭條：聯合國提出正式報告，溫室效應百分之九十五是人類的責任。早先一、二十年前的中學課本提到：溫室效應是人類所造；數年後，又改口溫室效應是自然規律，與人類的作為沒多大干係。這回，聯合國總算說了公道話。（當然，所謂「百分之九十五」，只是個估算數字，不必太計較。）真正的問題在於，西方工業革命至今，不過兩百多年，如果真要算全球（尤其中國）捲入，更不到百年。就在這短短百年中，世界變遷如此之大；真要論爆發力，不可不謂驚人；可是，真要說毀滅力，也不可不謂恐怖。如此倏然而興，眼看又要倏然而亡，看著看著，不禁令人感慨：現今西方文明所主導的世界，與當年項羽的命運，竟是如此接近！項羽二十四歲成名，數年之後，便號令天下、海內獨尊，可謂極一時之雄也！但是，也不過又四年後，隨即兵敗垓下、烏江自刎，一切都玩完了。

所以，中西根本的差異，可能比大家想像的還複雜許多。當然，現在是西方中心，他們是老大，我們也不得不承認。但從另外一個角度來看，中國現代化之所以曲折緩慢，就某種程度而言，其實是中國文明集體潛意識對這件事的遲疑與顧慮。清末以來，大家都說中國文化顢頇陳腐，以至於沒辦法像日本明治維新一般，啪地一下，就走上現代化；中國從自強運動算起，走了整整百餘年，直到鄧小平改革開放，現代化的步伐才真正「義無反顧」地大步跨了出去。這一百多年的遲疑，純粹是中國文化的顢頇嗎？我想，事情沒那麼簡單。真正踩了這一步，是福是禍？是吉是凶？其實沒人知道。從外表看來，改革開放三十幾年來，超英趕美，成就驚人，嚇得美國整天想著要如何圍堵中國。大家知道，二十一世紀是中國人的世紀，這已經確定了。但即便如此，參照今天聯合國的報告，若依目前的速度，八十年後，也就是二一〇〇年以前，台北跟上海都會被海水淹沒。城市淹沒，可能還不是最嚴重的，未來氣候會有多劇烈的變化，誰能準確預測？短短一百年內，全球的物種已經消失了那麼多，到底，還有多少可以繼續消失？現代化的成敗得失，如果用陳母那種天道的角度來看，就會發現現代人看事情都太單一視角了。就某種程度而言，上天還是很公平的（或者說，還是有必然、無可迴避的自然規律）；人類不斷強調舒適、方便，不斷誇大欲望、享樂，到頭來，仍得要自作自受，付出該付的代價。中國文明能夠幾千年保持相對平衡的狀態，某種程度，是跟陳母這樣的天道觀直接相關的。

好，就因這番話，所以陳嬰不敢為王，把東陽交給了項梁。再看第十小頁倒數第二行。**范增，年七十，素居家，好奇計**，范增是項梁、項羽叔姪最重要的謀臣，七十歲了，都還沒出山。**往說項梁曰：陳勝敗固當**，陳勝後來的失敗，是理所當然、沒啥好說的。為什麼？他說：**夫秦滅六國，楚最無罪**。秦滅掉六國時，楚國最無辜。自楚懷王被誘入秦，有去無回之後，**楚人憐之至今**。**故楚南公曰**，所以，有一個長於陰陽的楚南公說過：**楚雖三戶，亡秦必楚也**。「三戶」真要解釋，眾說紛紜，很複雜，這就不管了，反正，最後能夠滅得了秦的，肯定是楚。箇中關鍵，就在於楚人特別濃烈、特別決絕的情緒。被秦所滅後，楚人復仇的念頭最強悍、意志也最強大，他們寧為玉碎、不為瓦全，一切都要幹到底。這種情緒，其實比較接近日本人的性格，有點像櫻花美學，反倒跟典型的中國人性格有點距離。

中國人的性格，第一是不喜歡抽象思考，第二是不容易被情緒綁住。所以，才會出現劉邦這種可以瞬間解脫的人。至於不喜抽象思考，前陣子我倒是讀到一個例子。清末有許多傳教士來到中國，他們不像利瑪竇深知中國人情性，所以，老是用原有的西方思維來傳教。因此有傳教士見到中國農民，就問道：你有沒有思考過人活著的意義是什麼呀？這種「生命的意義」、「活著的意義」，本是典型的西方式思維。結果，農民的反應多好！他們說：你神經病啊?!不好好活著，問那麼多？不然，你死給我看呀！對農民而言，活著的當下，就是意義，壓根不存在意義不意義的問題。這樣的思維方式，可以對照孔子講的「未知生，焉知死？」，也可以對照劉邦只要色身保住了、其他一切好說，都重視當下性，也都具體而務實，所以不容易有太多情緒的執念。

神主牌楚懷王

回到范增。范增強調陳勝之所以無法成事，就是因為**不立楚後而自立**。在秦代末年，楚國被滅也不過十來年，情感上，楚人一直都還思念著故主。陳勝不立楚後，反倒自立局面，就缺乏了正當性。所以，范增建議項梁立楚王之後。項梁一聽，覺得在理，就去民間找到了當時幫人牧羊的楚懷王之孫（名叫「心」）。**立以為楚懷王，從民所望也**。這位楚懷王，從此變成項梁的領導者，隨著項梁、項羽力量的不斷擴大，也慢慢成為諸侯中名義上的共主。這樣的共主，跟項梁、尤其後來跟項羽的關係，當然容易緊張。一開始，項梁叔姪非得把楚懷王這神主牌高高捧起，可是，等到何時才能將這神主牌拿掉？屆時，又要怎麼拿掉？其實，這都是非常棘手的事情。不幸的是，項羽有勇無謀，後來用了最粗暴的方法將神主牌砸掉。項羽的覆亡，原因之一，就在於楚懷王的問題處理得一塌糊塗。之前我們講過，劉邦從關中出兵，一開始的正當性就建立在要替楚懷王報仇。他們二人，一得一失，楚懷王就成了一大關鍵。

立了懷王之後，項梁屢戰屢勝，於是心生驕慢，在後來的一次戰役中，為秦所敗，結果戰死。項梁死後，楚懷王任命宋義為上將軍，大家看到第十七小頁第一行，**王**，就是楚懷王，**召宋義與計事**，跟他一塊商量事情，**而大說之，因置以為上將軍**，因此就任命宋義為上將軍。至於項羽，則**為**

魯公，魯公是爵位，**為次將**，職位是次將。至於范增，則是末將。然後，**救趙**。當時，趙國被秦軍包圍，楚懷王派他們三個去救趙國。**諸別將皆屬宋義**，**號為卿子冠軍**。除了項羽和范增之外，其餘將領統統歸屬宋義，宋義則號稱「卿子冠軍」。這時，項羽對於宋義的「空降」卡位，顯然不服。尤其在援趙的戰略上，雙方更爆發了激烈衝突。宋義的想法是，趙、秦決戰，楚只要作壁上觀，就能坐收漁利，因此主張不必急著出兵援趙。項羽則要求馬上救趙滅秦，一來，叔父項梁剛死，他要報仇；二來，坐收其利這種事，他做不來、也不屑做。

再看十八小頁，大字的第五行。兩邊爭論到後來，宋義就對項羽說：**夫被堅執銳**，**義不如公**；實際上要披堅執銳（也就是衝鋒陷陣），我當然比不上你；可是，真要論戰略，**坐而運策**，**公不如義**，你還得乖乖聽我的！**因下令軍中曰**，因此宋義下了一道命令：**猛如虎**，**很如羊**，**貪如狼**，**彊不**

可使者，皆斬之。兇猛得跟老虎一樣，至於「很如羊」的「很」字，不是凶狠的「狠」（因為沒有羊是很凶狠的），而是偏執、執拗。「很如羊」，就是跟羊一樣拗。不知道在座有沒有跟羊打過交道的，譬如小時候曾經放羊，跟楚懷王同樣經歷的？羊有種性格，愈是拉牠，牠就愈不走；愈使勁牽牠，牠就愈ㄍㄧㄥ在那邊，甚至，還會往後走。這叫「很如羊」，也就是脾氣非常拗。宋義講的，當然是項羽。說項羽「猛如虎，很如羊」，接著又說「貪如狼」，最後結論是：「彊不可使者，皆斬之」。說完這話，等於正式翻臉了。既然翻臉，項羽又怎麼可能俯首稱是、乖乖聽話呢？於是，宋上將軍，咱們等著瞧！

所以，十九小頁倒數第三行，**項羽晨朝上將軍宋義**，項羽清晨朝會上將軍宋義。**即其帳中**，進了上將軍的營帳，二話不說，**斬宋義頭**。他是次將，一進帳中，直接就把上將軍的頭斬了下來。這幾乎就是早先他斬會稽郡守的翻版。**出令軍中曰：宋義與齊謀反楚，楚王陰令羽誅之。**這當然是胡說八道，可重點是，**當是時，諸將皆慴服，莫敢枝梧。**這時與斬會稽郡守的情況，就大不相同了。那回底下的眾人，全是郡守人馬，項羽也還不算什麼角色，所以斬了郡守之後，大家一來不服，二來也沒心理準備，項羽還得連續斬了近百人，才把情勢給壓下來。可這回不一樣，他斬了宋義的頭，所有的將領立刻懾服，沒人有意見。為什麼？到了這晌，誰不清楚項羽的份量?!

項羽代表作：鉅鹿之役

看二十小頁倒數第四行，**項王已殺卿子冠軍，威震楚國，名聞諸侯，**於是派遣了當陽君、蒲將軍，**將卒二萬渡河，救鉅鹿；**率領兩萬士卒，渡河援救受圍於鉅鹿的趙軍。這是項羽一生的代表作：鉅鹿之役。結果，當陽君等人**戰少利**，沒獲勝，趙國的陳餘復**請兵，項羽乃悉引兵渡河**，項羽決定豁出去，率領所有的軍隊渡河，**皆沈船，破釜甑，燒廬舍**，這就是大家熟悉的「破釜沉舟」。**持三日糧，以示士卒必死，無一還心**，結果，一到鉅鹿，**至則圍王離**，就圍了秦將王離，**與秦軍遇，九戰，絕其甬道，大破之**。經過九次會戰，斬斷了秦軍甬道。（打仗時，糧草是關鍵。當時怕糧草被劫，在糧倉與軍營間會築有兩側高牆的甬道。）項羽切斷秦甬道，絕糧草，於是大破秦軍。**殺蘇角，虜王離。涉閒不降楚，自燒殺**。除了蘇角被殺、王離被擄，還有一個秦將涉閒不願降楚，「自燒殺」，乾脆自焚。

當是時，楚兵冠諸侯。諸侯軍救鉅鹿下者十餘壁，莫敢縱兵。換句話說，當時救趙國的軍隊，除了楚懷王，各地諸侯也紛紛馳援；可類似宋義想法的人，卻也比比皆是。大家都打著類似的算盤，想漁翁得利，不敢攖秦軍之鋒，所以都作壁上觀，莫敢縱兵。等到楚擊秦，諸將皆從壁上觀。大家一看，嚇：楚戰士「無不」一以當十，楚兵呼聲動天，諸侯軍「無不」人人惴恐。於是已破秦軍，項羽召見諸侯將，入轅門，「無不」膝行而前，莫敢仰視。在這裡，司馬遷連用了三個「無不」，一口氣讀去，項羽的威風八面、不可一世，全部躍然紙上。當然，連續三次，會累積力道；可再用第四次，就可能變成了囉唆。大家知道，「三」是中國人的重要講究。中國人首先說，無三不成禮；可隨即又說，事不過三。當初劉備三顧茅廬，如果第三次不成，劉備大概就不會再去第四次了；否則，自己像個強迫症似的。同時，諸葛亮也得等劉備來個三趟，沒三趟，似乎也測試不出對方的誠意。如果劉備誠意不夠，諸葛亮出山，也是白搭。「三」的拿捏，後來成了中國的潛規則。連歷代皇帝篡位，以禪讓為名，都還得假意推辭三次。老子說，「道生一，一生二，二生三，三生萬物。」大概就透露出「三」這個數字的特殊能量。

太史公這裡連用了三個「無不」，力透紙背呀！尤其最後，所有的諸侯、將領進入轅門，無不膝行而前，什麼叫「膝行而前」？跪著爬進來。（這回可真嚇著了！）「莫敢仰視」，通通低著頭，大氣不敢喘一個！**項羽由是始為諸侯上將軍，諸侯皆屬焉**。經此一役，項羽的時代開始了。鉅鹿之役如此驚天動地，諸侯軍剛好都作壁上觀，近距離看到楚軍如何衝殺、如何一以當十、如何呼聲震天，因此，視覺、聽覺、心理的所有震懾力量，就特別地強大。

這一震懾，也徹底摧毀秦軍的戰鬥意志，於是，二十五小頁第一行，**章邯見項羽而流涕**。章邯是秦的上將軍，經鉅鹿之役，秦軍動搖，章邯進退兩難，打也不是、退也不是，最後，就跟項羽相約投降。項羽也因糧草不繼，遂決定接受章邯的投降。於是，章邯見項羽而流涕，哭訴趙高如何作孽、如何逼迫他。**項羽乃立章邯為雍王**，「雍」在關中。**置楚軍中**，就把章邯放置楚軍之中，就近看管，因為不放心，不可能讓他實際率領秦軍，所以改派司馬欣為上將軍，**將秦軍為前行**，讓秦軍在前頭開道。

後來，到了新安，因秦軍士氣動搖，兵卒間耳語不斷，結果……倒數第三行，**項羽乃召黥布、蒲將軍計曰：秦吏卒尚眾，其心不服，至關中不聽，事必危。不如擊殺之，而獨與章邯、長史欣、都尉翳入秦。**除了留下章邯、司馬欣、董翳三個將領之外，其餘，就全殺了。**於是楚軍夜擊，阬秦卒二十餘萬人新安城南。**一夜之間，二十幾萬人就在新安城南全部坑殺。這樣的坑殺，從戰國時代開啟風氣，當年秦軍不也坑了趙國數十萬人嗎？可是，之前的坑殺，是把對方打垮了，繼而坑殺；而新安這回，卻是對方已然投降，一切談好了，再回過頭翻臉不認帳，把對方全坑殺了，這問題就非常嚴重。如果用劉邦在關中所說的話，這就是「不祥」，而且是極度的「不祥」。當年孟子說，「不嗜殺人者能一之」，這句話還是有道理的。

「不嗜殺人」，不是不殺人，而是不能「嗜殺」，不能一殺起來就踩不住剎車。打天下時，若完全不殺人，那是不可能之事；可要怎樣節制、怎麼不該殺就絕對不輕易殺？這變成是天下最後歸屬的一大關鍵。對照於劉邦的不嗜殺、甚至做到秋毫無犯，項羽則是壓根不關心這問題。

鴻門宴：爆發力驚人的項羽變得如此優柔寡斷

項羽坑完秦軍，離開新安，進了關中，接著就是有名的鴻門宴了。鴻門宴的背景是：劉邦先進關中，因聽信讒言，以為只要緊守函谷關，不讓諸侯進來，就可以穩當地成為秦王。結果，項羽一到函谷關，卻不得其門而入，當下大怒。這時，劉邦有個手下，名喚曹無傷，跑去跟項羽說道：**沛公欲王關中，使子嬰為相，珍寶盡有之。**項羽一聽，非常抓狂，決定隔天就殲滅劉邦。當時雙方的實力懸殊，劉邦顯然不是對手，所以，隔天一清早，劉邦就趕赴項羽所在的鴻門認錯說明。

當是時，項羽兵四十萬，在新豐鴻門；沛公兵十萬，在霸上。這邊有一個小細節，可以留意，還滿有趣的。請翻回〈高祖本紀〉第三十七小頁倒數第二行。**是時，項羽兵四十萬，號百萬。沛公兵十萬，號二十萬。力不敵。**回頭看〈高祖本紀〉這段，是為了讓大家知道「行情」。除了這裡項、劉二人的虛實之外，大家知道，後來赤壁之戰曹軍三十萬，也是號稱百萬。所以，一般「行情」，大概，就是兩倍到三點五倍之間。記得，上回台北有次遊行，我看隔天報紙的頭版標題，說參加人數二十萬，當時，我回頭跟內人說，實際參加的，大概也就六、七萬人吧！結果，看了報紙內文，根據警方估計，果然就約有六萬人。警方的數字，一般比較準確；至於主辦單位，肯定會「號稱」。只不過，同樣「號稱」，還得看誰在「號稱」。

有些人膨風得厲害，譬如曹操就從三十萬變成了一百萬，三點三倍。（當然，百萬也是取其整數。）以後大家再看到「號稱多少萬」、「今天多少人走上街頭」類似說法，大略除以二到除以三，可能就是實際人數。這算是個潛規則，滿有趣的。

再翻回來，〈項羽本紀〉二十七小頁第三行，**范增說項羽曰，沛公居山東時**，這裡的「山東」，和我們今天的用法不太一樣。以前講「山東」，指的是崤山（或華山）以東，範圍和「關東」（函谷關以東）比較接近，大概包括今天的河南、河北中南部、山東，也包括江蘇、安徽北部。這個大範圍，都是「山東」。**沛公居山東時，貪於財貨，好美姬。今入關，財物無所取，婦女無所幸。此其志不在小。**上回講過，劉邦剛進關中，本來也想「取財物」、「幸婦女」，只因身旁先有個樊噲，後有個張良，猛然踩住了剎車。這時，范增看這番反常的舉動，便知劉老三有著更長遠的打算，其志不在小。於是接著說：**吾令人望其氣，皆為龍虎，成五采，此天子氣也。急擊勿失。**范增曾經派人去望了劉邦的氣。關於望氣，我成都有個朋友，在大陸詩人中，地位挺高；前幾年我和他見面，他就說他會望氣。當然，到底怎麼個望法，我也沒細問。不過，范增這裡所講，顯然有其根據；他肯定不需要造個假來忽悠項羽。他說劉邦之氣是「龍虎成五采」，那是天子之氣，所以要項羽趕緊下手，「急擊勿失」，因此才有緊接著鴻門宴的故事。鴻門宴的故事，當然非常精彩，可是大家以前讀過，這次我們也沒時間講，大家就自己看吧！

直接看三十五小頁。鴻門宴到了最後，項羽沒殺劉邦，范增當然很生氣。從這件事情也看得出來，一到關鍵時刻，項羽驚人的爆發力就突然消失不見，會變得異常優柔寡斷。這和劉邦平日的吊兒郎當，在關鍵時刻卻有著令人嘆服的決斷力，看起來很矛盾，但其實也都是同一回事。這頁的倒數第二行，後來**項羽引兵西屠咸陽，殺秦降王子嬰，燒秦宮室，火三月不滅。收其貨寶婦女而東**。項羽進咸陽的舉措，是除了新安大坑殺之外，另一個丟失天下的大關鍵。一進咸陽，他先是屠城，後殺子嬰，又大火一燒，將秦宮室連燒三月都燒不盡，然後，搜刮貨寶、婦女，掉頭回「山東」家鄉了。接著，**人或說項王曰：關中阻山河四塞，地肥饒，可都以霸**。當時類似看法的，其實滿多；大家都知道，真要定都，關中還是首選。項羽也不是不明白這理，但那時有兩個考慮，第一，**見秦宮皆以燒殘破**，都被他燒光了，如果還要定都於此，又得重建，曠日費時呀！第二，也是最重要的，他**心懷思欲東歸，曰：富貴不歸故鄉，如衣繡夜行，誰知之者**？一聽項羽如此回應，說者便撂了一句話：**人言，楚人沐猴而冠耳。果然**。人家都說，楚人是沐猴而冠，看來，果真如此！沐猴就是獼猴，獼猴躁動，一戴著頂冠，肯定沒半點安穩；不信，你們找隻獼猴，讓牠戴冠試試看！這人說罷，**項王聞之，烹說者**。項羽很會坑人，也很會烹人。他平常待人很好，常噓寒、常問暖；部屬生病，甚至還會親自照顧。可脾氣一發起來，坑呀、烹呀，種種大家做不來的事，他都可以瞬間做得很徹底。這其中的反差，也很有意思。

日本人看項羽

更有意思的是，我們看三十五小頁的倒數第三小行，愚按，愚按就是《史記會注考證》的作者瀧川龜太郎說：項羽楚人，既失其祖，又失其季父，怨秦入骨。其入咸陽，猶伍子胥入郢，殺王、屠民、燒宮殿，以快其心者，亦不足異。謂之無深謀遠慮可也。龜太郎的說法是，項羽因為要報祖父與叔父之仇，恨秦入骨。他進咸陽，好比當年伍子胥進郢都，該殺的殺、該燒的燒，以快其心，這都沒有啥好奇怪的。如果要批評項羽「無深謀遠慮」，這沒問題。可是，謂之殘虐非道者，但若是指責項羽「殘虐非道」，那麼，就只能說是未解重瞳子心事了。

重瞳子就是項羽。（這卷卷末的「太史公曰」裡說，項羽跟舜一樣，眼睛都是重瞳，有兩個瞳孔。）龜太郎言道，如果指責項羽進咸陽屠城是暴虐無道，那就太不了解項羽心事了！他這說法很有意思。再翻下一頁的第四行，看考證，〈高祖紀〉云，〈高祖本紀〉裡面說：「高祖過沛，置酒起舞，慷慨傷懷，泣數行下，謂沛父兄曰，游子悲故鄉，吾雖都關中，萬歲後吾魂魄猶樂思沛。」這段之前我們講過，重點是後面龜太郎又說了一段話：「此與項羽心事全同，世與彼而不與是，何耶？」按龜太郎看來，〈高祖本紀〉寫劉邦這段事，其實與項羽的心事一模一樣。為什麼世人肯定了劉邦，卻又否定項羽呢？這不是很奇怪嗎？

龜太郎這段話，給我們一個絕佳的例證：日本學者的好處，就是擅長做資料性的細節功夫，但他們做中國學問，總會遇到一個致命傷。什麼致命傷？他們只要遇到關鍵點，只要碰到中國人的根柢性格，永遠就只能隔著牆壁說話，永遠搔不到癢處。

以日本人的眼光看來，既然肯定劉邦的「遊子悲故鄉」，為什麼又否定項羽要衣錦還鄉呢？可在我們看來，這難道不是兩回事嗎?!劉邦剛打下天下，他想不想回沛縣？當然想。可是，他知道時機未到，不是想回就能回；因此，他一直等到打完黥布回返長安的路上（同時，也自知來日無多），才順道回了朝思暮想的沛縣故里。除此之外，回鄉是一碼事，定都則是另一碼事。從頭到尾，他不管是一開始建都洛陽，或是後來遷都關中，壓根就沒打算定都於沛縣附近的彭城。項羽把這兩件事硬扯一起，對中國人而言，只能說他在政治上太過「幼稚」、「不識大體」。至於龜太郎之所以會有這麼「奇怪」的論斷，關鍵原因，就在於日本人對於項羽的強烈認同感。剛剛講過，日本人非常能欣賞項羽這種極具爆發力、寧可玉碎不為瓦全的悲劇英雄。相反地，他們對於劉邦這種人完全沒辦法接受，甚至，還會非常厭惡：怎麼有這種無賴?!

日本人為什麼讀不懂劉邦？

從這個地方，我們可以切進一個大問題。剛剛周教授（案：也是這門課的學員）送我一本書，談中西文化的差異。事實上，且不說中西文化差異如此之大，即便日本，就外表而言，一來與中國離得如此之近，二來又那麼長時間地移植中國文化，可直至如今，日本與中國的文化差異還是非常地大。說到底，那是牽涉到文化基因的問題。日本打從魏晉南北朝開始學習中國文化，到了隋代，學習規模變大；緊接著唐代，就不用說了；直至宋代，其實都還大量引進中國文化。大家去日本，總會說看到了唐代的中國，這話當然沒錯。但日本現有的中國文化精神樣貌，更多的，還是宋朝的調性，尤其南宋。為什麼？因為南宋的東西對日本人而言，接受度最高。日本人學唐代，更多是「形」；學南宋，則學得到「神」。南宋定都杭州，整個政、經、文化中心的江南，與日本不只氣候接近，甚至連情感、美學都非常接近。倘使要接榫，其實比以北方文化為主體的唐代相對容易多了。

記得，大陸有一回舉辦京劇與崑曲的國際票友大賽。參加者，包括了世界各地的外國人。比賽的結果，非常有趣。崑劇這組，從第一名到第三名，全部都由日本票友所囊括；至於京劇，前三名則壓根沒半個日本人。這意味著，日本人京劇學不太來，崑曲卻很容易上手。為什麼？因為崑曲是江南文化的產物。對日本人而言，要接受江南那種溫婉華美而略帶感傷的美學，非常容易。反之，日本人面對京劇那種更多北方亮烈的劇種，本能地就會感覺到隔閡。

換句話說，日本人學習中國文化，一向都是有選擇性的。（準確地講，任何民族吸收外來文化，也必然都是有選擇性的。）遠自魏晉南北朝以來，日本長期移植中國文化，外表看來，似乎把中國文化最核心的儒釋道三家全數輸入了，可輸入了這麼久，儒釋道三家有沒有全部學進去呢？沒有。認真說來，他們只學進了兩家，儒家跟佛家；至於道家，並沒學進去。為什麼？很簡單，因為道家是中國最根柢的東西；中國人從骨子裡說，其實就是黃老。黃老是中國人的根柢。愈根柢的東西，別人就愈學不來。

那麼，日本人又為什麼可以學得了儒家呢？簡單說，日本是一個非常強烈的女性文明，對於秩序、規矩，都可以學得很好，對於儒家的「禮」，更是別有會心。一般而言，女人比較不習慣抽象思考，喜歡具象的東西；「禮」之為物，可操作，很具體，日本人學起來得心應手。正因如此，當現在的中國快退化成一個「蠻夷之邦」之時，日本人卻依然可以把禮儀保存得那麼好，這跟他們的民族性大有關係。

至於佛教，佛教的教下諸宗，尤其淨土宗，其實和儒家有點相像，都比較規矩、按部就班。只要有條有理、按部就班的東西，日本人都可以學得很好。可除此之外，日本人對於禪宗那個「破」的部分，也很有能力掌握。這一部分，是因為日本人的另一種性格。日本人，尤其日本男人，可以破，可以有瞬間的爆發力，這種特性，可以把禪宗的某些大雄氣魄學得非常到位。

可是，日本人對於道家式的無可無不可，就完全沒轍了。要嘛，可，學儒家；要嘛，不可，學禪宗。道家那種無可無不可，叫日本人學，還真是怎麼都難以接受。所以，即使經過那麼長時間的輸入，道家在日本的影響，還是非常不清晰。任何人學別人的東西，到最後，都必然是自覺或不自覺地根據自身條件進行揀擇，很難真正把別人骨子裡的東西給學進去。再舉個例子，書法。大家知道日本人喜歡書法，尤其對於王羲之的字特別有好感，一來是王字看來秀氣，二來也是比較有個準則法度，日本人就可以學得有模有樣。相反地，日本人學魏碑那種比較陽剛的字，就常常學不來，最後反而把陽剛變成了粗暴。至於日本最擅長的書法，其實是他們根據自身特色發展出來的「假名（片假名、平假名）書法」。日本人寫假名書法，可以寫到「氣若游絲」，有點像牡丹亭「遊園」一折杜麗娘所唱的「裊晴絲」，有一種不堪摧折之美。那就是日本人、也就是櫻花那樣的美。這種假名書法，是日本人的獨絕，真讓中國人學，其實也學不太來。反之，日本人那麼佩服中國的書法，可是有某些字他們一直就學不來。譬如很有名的《石門銘》，仙家之字，日本人就壓根學不來。那種字是內有規矩，但外表又把規矩放掉；這種若有似無、無可無不可的狀態，日本人就完全沒轍。所以，日本人對於劉邦，一方面是討厭，另方面也是頭痛；說白了，那根本是他們理解範圍外的人。但對於項羽，他們就非常能欣賞，很能夠感同身受，所以龜太郎才會連咸陽大屠殺都說得如此頭頭是道，同樣的邏輯，就難怪他們連南京大屠殺也可以振振有詞。這是日本人看事情很獨特的角度。這角度，好壞不論，但至少我們要知道獨特性在哪裡。

活在這個標榜全球化的時代裡，我們容易有個盲點，就是過度強調大家的相同之處，卻忽略了彼此之間其實還有很多的不同。忽略這些不同，說白了，就是讓我們搞不清楚自己，也處理不好彼此的關係。事實上，許多的關鍵點，即使看來和我們文化很接近的日本，都存在著那麼大的差異。

我讀《史記會注考證》龜太郎的議論，總覺得有趣。龜太郎只要遇到比較典型的黃老之徒，評論就會怎麼看、怎麼怪。反正，就是隔了一層。這一層，也不必太苛責他。畢竟，這樣的文化差異，還真是沒什麼人跨越得了。

【提問環節】

一、項梁起兵時，范增跟他所提的建議，現在想想，是不是真的要立一個楚王才行？這樣的話，後面就必然要有如何取而代之的問題。另外，楚南公說的那句「楚雖三户，亡秦必楚」，當時文字流傳是否真的如此之快，快到大家都知道了？是否一定要引用這個人講的話，然後找個楚國的後代來當楚王？就這樣。我的問題，老師聽得懂嗎？

答：

我先試著答答看。

上個月我在南京先鋒書店講座，有位女士從上海趕來。上海到南京，感覺挺近，其實還是超過了三百公里。那女士第一次提問，我聽不懂。我問底下聽眾聽懂嗎？底下的人都搖頭。我只好請這女士再說第二次，等她說完，我又看看底下，大家依舊搖搖頭。因她已說了兩遍，沒辦法，我只能直接言道：不然，我來試著答答看。結果，等我說完之後，大家都覺得我回答得很好。這代表什麼？這代表有時候瞎貓會碰到死老鼠。現在，我就試著來當當瞎貓。

第一個問題，關鍵在於秦統一天下才十來年，楚國百姓對楚國的記憶卻已長達八百年，對當時的楚人而言，他們的「故國」情懷必然是極度地根深柢固。

大家想想，現在有些深綠的歐吉桑，不是動不動都還在談二二八？二二八是民國三十幾年的事情，至今都已過六十幾年。假使當時他十來歲，現在八十歲都還有辦法講得咬牙切齒。其中的虛實，姑且不論，但可確定的是，對某些人而言，的確感受很強烈。秦統一天下，也不過十來年，各國三、四十歲以上的人，對於過去之事必然都還記得清清楚楚，感受肯定也極深極強。所以，除了楚國之外，當時的其他五國，也同樣都立原來的國王之後為王。當然，如果不是十來年，而是經過了百餘年，形勢應該就會改變，屆時就不一定要擁立楚王之後了。

所以，剛剛我說道，項梁如果沒死，估計他處理楚懷王會好一些，畢竟，項梁是個有謀略的人。至於項羽，則壓根毫無謀略，才會處理得如此粗暴。大家想想，四百年後的曹操，威權隆盛，聲勢烜赫，可至死卻都仍不敢篡位；而當年周文王已然三分天下有其二，也還是遲遲不敢伐殷。為什麼？在中國這個文化體系中，全憑武力還是難成大事，不管如何，終究還要有一定的正當性，還是要有個名正言順的問題。上回不也提過？國共內戰時，國軍從任何一個角度來說，似乎都比共軍強許多，可是，毛澤東占據了所有正當性，在宣傳上，共軍顯得名正言順，國軍則是啞巴吃黃連，啥事都說不清。這一點，就決定了最後的勝負。

第二個問題，楚南公說的話有沒有傳播甚遠，我們不得而知。但這話肯定在楚國的某個圈子流傳著。范增直至七十歲都還沒出山，要嘛，就很差；要嘛，就是個厲害的高手。這麼一個七十歲老頭的記憶庫中，肯定是收藏了楚南公這句話。當范增跟項梁轉述時，憑他的年紀與智慧，楚南公這句話就變得特別有力道。準確地講，是范增加持了楚南公這句話，同時，范增也不過是藉楚南公說了他自己想說的話。

二、老師提到「放得開是天道」，我有一個疑惑，宋代以後的理學家往往自認為對於性命、天道談得比前人好，但為什麼他們在很多時候反而會有放不開的現象？

答：

所謂「好」，是他們自認為。這有兩個大問題。一，理學家講的天道，落於一偏；他們只談上天有好生之德，不談天地不仁。而且，他們講的好生之德，也太窄，氣象不大。

第二，談得好與做得好，仍終究是兩回事！

真正的中國學問，重點不在於怎麼談，而在於怎麼做。剛剛為什麼我特別談張愛玲的照片呢？人活出來的真實狀態，才是一切的根本嘛！

就思考而言，宋明的理學家一定比孔子更擅長思考。可是，在中國這個傳統裡，太會思考、太會議論，常常意謂著更有異化的可能。否則，孔子就不需要告誡我們：聽其言而後觀其行。

宋明理學講的性命與天道，我常覺得，他們說太多也太會說了。張載最有名的四句教：「為天地立心，為生民立命，為往聖繼絕學，為萬世開太平」，這話不是說得不好，而是說得太好。太好之後，就變得不真實，變得沒辦法落實。孔子不講這種好到不真實、也無法落實的話。大家仔細看《論語》，《論語》的話都具體而真實，都可以做得到。但是，張載那四句話怎麼做？事實上，孔子對於言與行、思維與實踐的內在關係，有種異常的敏感。所以，他不空口說白話；所以，他說話總帶著強烈的對應性；所以，他說話一點兒都不深奧。

上回我在蘇州講座，那天的主持人程度很高；開場的介紹，大概是我遇過最精準的一次。可是，講座的最後，她有一句話，卻被我當場糾正。她說，希望大家待會可以提一些深刻的、深奧的問題。我趕緊鄭重聲明：大家千萬別提什麼深刻與深奧的問題，否則，我會答不出來。畢竟，我是個不太有「學問」的人，只談具體的問題，只談一聽就懂的問題。我最大的希望，是把複雜的事情說得簡單；不像現在許多太有「學問」的人，老是把很簡單的事情講得很複雜；我想，大家或多或少，都吃過這種人的虧。所以，我覺得宋明理學固然有其可貴與可敬之處，但是，他們的確異化了。總地來說，理學家跟孔子是很不一樣的，如果跟《史記》裡的世界相比，距離又更遠了。

第四堂

項羽分封，天下皆反

今天我們接著看〈項羽本紀〉。剛剛上課前，有學員問道，最後假使是項羽打垮劉邦，得了天下，他所開創的朝代，會有類似漢朝後來的局面嗎？我的答案是：不可能。假使劉邦這一批人全被項羽擺平，最後的情況，應該是項羽會成為第二個秦朝；最了不起，也就一、二十年，很快又會垮掉；更有可能是壓根不需要一、二十年，馬上就天下大亂。問題的關鍵，是格局。項羽根本沒有一個開創新時代的格局。

上次講到項羽率領諸侯軍入關中、進咸陽，這時，項羽等於是天下共主，所以就由他來分封天下。一分封，就牽涉到格局的問題。相較而言，打天下和分封是兩件完全不同層次的事情。分封是政治問題，簡單說，就是把什麼樣的人擺在什麼樣的位置，要把整個天下給擺對，這需要的，是大智慧與大謀略。項羽當然缺乏這樣的智慧與謀略。結果，一分封，天下立刻就分崩離析。

項羽分封的大方向，是弱化原來的六國諸侯（包括楚懷王），強化隨他入關的各國將領；用新「實力」，取代舊「勢力」。這樣的方向，不能算錯。但是，項羽做得又急又猛，既沒輕重、也無緩急，以為只要憑著他「力拔山兮氣蓋世」，就能擺平所有的人。於是，才一分封完畢，齊國的田榮就首先造反了；緊接著，趙國也起兵。結果，項羽才剛定都彭城，東邊、北邊，就統統出了大狀況。

劉邦趁此形勢，從漢中北伐關中，旋即平定整個秦地，奠下後來楚漢相爭的基礎。然後，劉邦再往東出關。一出關，恰好項羽派人殺死義帝，消息傳來，劉邦便以幫義帝復仇為名，號召天下，於是，四十九小頁的倒數第二行：**春，漢王部五諸侯兵**，劉邦率領五諸侯的軍隊，**凡五十六萬人，東伐楚**。這時，項羽正攻打齊國，**項王聞之，即令諸將擊齊**，交代底下的將領繼續攻齊，自己則掉過頭來，**而自以精兵三萬人，南從魯出胡陵**。至於劉邦這邊，**四月，漢皆已入彭城，收其貨寶美人，日置酒高會**。劉邦迅速攻進彭城，一進城，原形畢露，開始「收其貨寶美人」，「置酒高會」。

之前提過，范增說劉邦進咸陽時，「財物無所取，婦女無所幸」，如此一反常態，可見「其志不在小」。當初在咸陽，一則是因有樊噲、張良幫忙踩剎車；二則劉邦也心裡有數，號令天下的是項羽，至於將來項羽會不會再進關中？肯定是會的。所以，他真想得意，其實也還太早！可這回，他進彭城，就大不一樣了。畢竟，這回是由他號召天下，而攻下的彭城，又是項羽的大本營，直搗黃龍呀！而且，彭城已近老家沛縣，就某種意義而言，也等於是衣錦還鄉了。因此，早先進咸陽的壓抑與警覺，一下子都釋放了。霎時間，他只覺得好爽，有種飄飄然。於是就拋開了所有的緊張與抑制，置酒高會，既嗨又爽，結果，樂極生悲，形勢就逆轉了。

項王乃西，項羽於是從胡陵往西而去，一清早，就從蕭縣對漢軍發動攻擊，**而東至彭城，日中，大破漢軍**。到了中午，大破漢軍。結果，**漢軍皆走**，（「走」，用閩南話念比較準確，音近於「ㄗㄠˋ」但不是去聲，而是入聲字，必須讀成急促下滑音。「走」與今天漢語的用法不同，意思是「跑」，逃跑。）**相隨入穀、泗水，殺漢卒十餘萬人**。漢卒本來不是五十六萬嗎？被殺了十幾萬之後，其他的**漢卒皆南走山**，往南邊的山上狂奔而去。楚兵一路急追，追到靈壁東邊的睢水上。漢軍一看，前面是水，只好後退，**漢軍卻**，楚兵又殺來，**為楚所擠，多殺**，至於沒被殺的，**漢卒十餘萬人，皆入睢水，睢水為之不流**。恐怖啊！

這是歷史上非常特殊的一場戰役。剛剛看到，項羽三萬人，劉邦則有五十六萬人。五十六萬人被三萬人追著打，還潰不成軍，原因在哪？第一，當然是項羽的騎兵機動性太強，兵貴神速，他的速度已經快到劉邦完全沒有一點心理準備；在猝不及防的情況下，劉邦的人數愈多，只會潰散得愈慘也愈凌亂。第二，劉邦那五十六萬人，畢竟是漢軍再加上五諸侯軍，本來就是烏合之眾嘛！這種烏合之眾，匯集得快，也潰散得慘，所以，一下子就像黃河潰堤般，別提戰力，大家就趕緊逃命吧！

結果，**圍漢王三匝**，漢王整整被圍了三圈，**於是**，**大風從西北而起**。請大家回頭看一下，這是什麼時候？是四月，陰曆四月，大概就是陽曆五月，華北的晚春。大風從西北而起，這就是我們所說的沙塵暴。大家知道春天容易有沙塵暴，冬天則較少；沙塵暴一吹，真大起來，很嚇人的。《史記》用了四個字，**折木發屋**。我不知道大家看了這四個字有沒有感覺，至少，我是非常有感覺的。因為，我住台東。

真正風大時，樹木會有三種狀態，一是折，二是倒，三是拔。請問大家：折木與拔木，差別在哪裡？哪一種風比較大？（台下回答：拔木。）其實，不見得。有時候風大到極點，樹木啪地斷了，就是「折木」。至於「拔木」，要連根拔起，除了風大，還必須有其他的條件配合。什麼條件？雨要下得夠多，多到土壤完全鬆動。前幾天，我去我的老朋友蕭老師的山上。去到山上，看到竹子倒成一片，竹子的根部一簇簇都往上翹。我住池上二十幾年，頭一次看到這種景象。以前颱風來，不論怎麼狂風肆虐，竹子都是從中而斷，也就是折木；但這回，則是拔木。為什麼？因為這次雨量非常大。蕭老師說，山上那幾天的總雨量，應該超過一千公釐。雨量大到土壤徹底鬆動，狂風再吹，就容易連根拔起；如果雨量不大，真要連根拔起，並不容易；頂多，就是倒掉。

折木之外，下面兩個字我看了更有感覺，發屋。什麼叫「發屋」？整個屋頂掀掉，像開花一樣。十幾年前，有一個碧利斯颱風，池上徹夜狂風暴雨，隔天颱風過後，我們看到稻田裡有間鐵皮屋，完完整整，就矗立在田中央。原來，是一戶透天厝頂樓的鐵皮屋被颱風一颳，整個「空降」而來。至於那棟房子，就算是「發屋」了。相較起來，以前的茅屋更容易「發屋」。

劉邦遇到的沙塵暴，大到可以折木發屋，然後，**揚沙石，窈冥晝晦**，鋪天蓋地的飛沙走石，使天色陰暗得宛如黑夜。這個「晝晦」，這些年每逢沙塵暴，都很容易在媒體看到類似的畫面。早些年北京沙塵暴很嚴重時，常常能見度只剩幾公尺，那就是「窈冥」。（當然，北京這幾年沙塵暴好多了，改成了霧霾。）結果，這樣的沙塵暴**逢迎楚軍**。**楚軍大亂壞散，而漢王乃得與數十騎遁去**。這個時候，**欲過沛**，想經過沛縣時，**收家室而西**，把家人帶著，往西回關中。**楚亦使人追之沛，取漢王家。家皆亡，不與漢王相見。**家人跑光了，漢王一個都沒找著。後來，漢王在路上撞見了孝惠、魯元，**漢王道逢得孝惠、魯元，**孝惠就是後來的惠帝，魯元就是長公主。**乃載行，**就帶著走。

踹小兒與烹太公

楚騎追漢王，漢王急，推墮孝惠、魯元車下，滕公常下收載之。滕公就是夏侯嬰。（自劉邦起事後，夏侯嬰一直幫劉邦駕車。劉邦為漢王，夏侯嬰就開始擔任太僕的職位。劉邦死後，滕公繼續擔任惠帝的太僕；惠帝死，滕公又續任呂后的太僕；一直到漢文帝，滕公還是太僕，依然幫皇上駕車。）夏侯嬰見劉邦一推，趕緊停車，急忙把孝惠、魯元給拎回來。才隔一會，劉邦又見危急，再一次把孩子推下去，**如是者三**，就這麼推了三次。最後，**曰**，夏侯嬰說：**雖急不可以驅，奈何棄之？**雖然形勢危急，但也不該這樣丟棄他們呀！**於是**，**遂得脫**。脫逃之時，劉邦仍一路找尋，**求太公、呂后，不相遇**，始終沒遇著太公、呂后。這時，有一位審食其，（「食其」在秦末是個「菜市仔名」，這名字《史記》出現好幾次，有酈食其，有審食其，還有司馬食其、趙食其，滿多的。至今，我搞不清楚這個名字為何如此普遍。）**從太公、呂后閒行**，跟隨著太公、呂后，不敢走大馬路，專走小徑，想**求漢王**，看能不能找得著劉邦，結果，不僅沒碰著劉邦，反而撞見了楚軍。這一撞，當場被楚軍逮住，**報項王**，楚軍回報項王，**項王常置軍中**。

剛剛「推墮孝惠、魯元車下」的問題，待會跟「烹太公」一併來看。現在先把後頭的事情，大略說說：後來劉邦順利脫逃，回到了關中。因蕭何經營關中甚好，所以劉邦要糧有糧、要兵有兵，不多久，軍容壯盛，就又出關去了。劉邦出關後，雖然屢戰屢敗，但因後援強大，所以又能夠屢敗屢戰，於是就在滎陽附近，與項羽長期拉鋸；項羽雖勝，卻始終無法越過滎陽，往西推進關中。

接著看五十九小頁，大字第三行，**當此時，彭越數反梁地**，彭越好幾次以梁（梁在河南省東部）為根據地，起兵造反，把楚的糧道給斷絕了，所以，**項王患之**，項羽這仗就打不下去了。結果，項羽想出了個辦法，**為高俎，置太公其上**，把劉太公高高架起，然後恐嚇劉邦：**今不急下，吾烹太公**，如果你不趕緊投降，我就把你老爸給煮了。**漢王曰：吾與項羽俱北面受命懷王，曰：約為兄弟**。我們都在懷王底下為臣，互約兄弟。既然是兄弟，**吾翁即若翁**，我老爸就是你老爸。如果，你一定要把你老爸給煮了的話，**則幸分我一桮羹**，那麼，你就分我一碗肉湯吧！劉邦這麼一講，**項**

王怒，欲殺之。這時，項伯一旁說道：**天下事未可知，且為天下者不顧家，雖殺之無益，只益禍耳**。項羽聽了，雖無奈，卻也沒辦法，所以，**項王從之**。

烹太公這事，後世討論得很多，卻很少有人會把矛頭指向項羽。平心而論，項羽這樣的手段，確實卑鄙，和他的英雄形象反差很大。可有趣的是，這事大家都只罵劉邦，畢竟，劉邦的舉動更讓人反感。反感的，無非是：哪有人這麼當兒子的?!天底下有這種兒子嗎?!同樣地，前面惠帝、魯元公主之事，大家的不滿，也無非是：天底下哪有這樣的老爸?!講到最後，這兩件事情其實差不多。

真要解釋，首先是項伯說的，「為天下者不顧家」。你打天下，就顧不了家。就像動物逃命時，群裡的王只能負責引領著帶大家趕緊逃命；這時，王不可能回頭緊抱著自己小孩，因為這不是王的責任。要抱小孩，那是王的家人的責任。項伯的意思，大概就是這樣。

至於劉邦有沒有想到他的家人？當然有呀！否則，他就不需要派人去找兒子、女兒，尤其是老爸、太太了。對不對？他還是一樣會找。只不過，最後如果沒辦法，劉邦還是會先把自己的色身保住再說。這是第一點。一個打天下的人，面對這種種的質疑，其實都必須概括承受。說白了，別人怎麼質疑，就由他去。不過，這對他而言，其實也是一種毫沒效力的質疑。就他的角色來說，這質疑壓根是無關痛癢的。畢竟，角色不同，看事情的角度也不同。這是第一點。

第二點，如果以策略的角度而言，項羽抓劉邦家人的目的是什麼？不就是抓來當人質嗎？而劉邦之所以急著要帶走他的家人，不也是不想讓他的家人成為人質嗎？換句話說，關鍵，是人質。因此，當他猛力一推，假使小孩被楚軍抓到了，當然會成為人質；但會不會死呢？顯然不會。但如果劉邦不捨，最後被楚軍追上了，結果呢？當然是包括小孩，大家都一塊死。換句話講，把惠帝與魯元推下去，可以確定他們不死；可把他們帶著，死的機率較高。這樣的結論，雖違反人情，卻是事實。

至於太公這部分，就難講了。當劉邦這麼耍無賴時，他老爸有沒有死的機率？有。項羽一衝動起來，誰知道他會有怎麼樣的反應？如果不是項伯一旁踩剎車，項羽可能就真的把太公給煮了。可是，如果劉邦不耍無賴，說，好吧，我就投降吧！等投降之後，項羽大概又會把劉邦陣營給全坑了。換言之，今天如果耍無賴，劉邦老爸還有機率活；不耍無賴，最後不僅老爸，大概誰都得一死。以結果而論，可能耍無賴還比較「孝順」一點。這樣的結論，也同樣違反人情，卻依然是事實。

劉邦對於太公，看來吊兒郎當，可其實一直都在設法交涉。畢竟，那是自己的老爸。在中國傳統社會裡，孩子死了，當然難過，但問題不太嚴重；可是，老爸不一樣，老爸是獨一無二的。尤其劉邦這種王者，將來會娶幾個，沒人知道；孩子會再生幾個，也沒人知道。對孩子的態度，顯然就跟我們現在不一樣。畢竟，我們現在生得少。

垓下被圍

再往下，看六十四小頁倒數第三行。楚漢對峙那麼久，儘管項羽屢戰屢勝，但形勢卻愈來愈不利。為什麼？因**是時，漢兵盛食多**，漢的軍容壯大、糧食甚多；相反地，**項王兵罷食絕**，兵源短缺、糧草匱乏。說到底，項羽少了蕭何那樣強大的後援。這時，漢王**遣陸賈說項王請太公**，派遣陸賈去遊說項王，設法把太公請回來，結果，**項王弗聽**。過陣子，漢王又派了另一個人叫侯公，**往說項王**，這回項王倒是接受了，與漢約定，**中分天下，以鴻溝為界，東邊歸楚，西邊屬漢**。（現在我們常說，某某之間有一道「鴻溝」；「鴻溝」正由此而來。）**項王許之，即歸漢王父母妻子，軍皆呼萬歲**。再看下面，六十五小頁倒數第二行。**項王已約**，雙方已約定完畢，項羽就**引兵解而東歸**。這時，劉邦也想回關中，**欲西歸**。但是，**張良、陳平說曰：「漢有天下太半，而諸侯皆附之。楚兵罷食盡，此天亡楚之時也。不如因其饑而遂取之。今釋弗擊，此所謂養虎自遺患也。」漢王聽之**。這個時候，雙方的意志力差不多都到了臨界點，任誰都有厭戰之心。可是，劉邦這人比較沒這問題。反正，累，也就這樣；難堪，也就那樣；厭戰，過了片晌也沒事了。經張良、陳平這麼一講，立刻言道：好，有道理。再打！

漢五年，漢王乃追項王至陽夏南，止軍。與淮陰侯韓信、建成侯彭越期，會而擊楚軍。這時除了漢王之外，另外有兩支兵馬，一是韓信，二是彭越。剛剛說彭越在梁，至於韓信，那時取下了齊（齊與秦為當時最重要的兩個地方），實力非常強大。劉邦跟他們相約，一道進擊項羽，結果，**至固陵**，到了固陵這地方，**而信、越之兵不會**，韓信跟彭越的軍隊卻都沒來。這時，**楚擊漢軍，大破之**，劉邦又被楚兵回頭痛擊，打得灰頭土臉。**漢王復入壁，深塹而自守**。劉邦只好又退壁固守，掛起免戰牌。他跟張良問道：**諸侯不從約，為之柰何？**韓信與彭越都不願信守承諾、派兵前來，怎麼辦呀？張良說：**楚兵且破，信、越未有分地，其不至，固宜**。項羽的軍隊已然快被攻破，可直至如今，大王卻沒有承諾要分哪些地方給韓信、彭越，因此，他們不願出兵、原地觀望，這是必然的呀！

這番話很重要。每次到了類似的節骨眼，張良絕對不會在一旁起鬨：

對呀，韓信、彭越這兩個畜生！最需要他們時，偏偏見死不救；明明答應了，卻又不來；根本就首鼠兩端嘛！……諸如此類的，張良絕對不講這種無聊話。即使劉邦陣營再怎麼憤怒、再怎麼忿忿不平、再怎麼火冒三丈，張良永遠像個無事之人，啥喜怒哀樂都沒有，只是潑冷水似地，明明白白地告訴劉邦：其不至，固宜。他們沒來，是應該的。這個「其不至，固宜」，是從客觀的形勢來看，也是從天道的角度來看。至於人情而言，當然大家會恨得牙癢癢。但要幹大事的人，這時就得其人如天，就得喜怒哀樂啥都沒有。

張良潑完冷水後，挑明了說，**君王能與共分天下，今可立致也**。**即不能，事未可知也**。大王如果能與韓、彭二人共分天下，那麼，他們立馬就來；如果大王辦不到，天下事，可就難說囉！劉邦聽罷，二話不說，**曰：善！**即刻派遣使者，把分封之意傳達給韓、彭二人。使者一到，**韓信、彭**

越皆報曰：請今進兵。我們今天就立刻出兵。**韓信乃從齊往。劉賈軍從壽春竝行，屠城父。至垓下。**到了垓下。**大司馬周殷叛楚，以舒屠六，舉九江兵，隨劉賈、彭越皆會垓下詣項王。項王軍壁垓下。**這時項羽的軍隊就在垓下，**兵少食盡，漢軍及諸侯兵圍之數重。**團團圍了好幾重，**夜聞漢軍四面皆楚歌，**到了晚上，聽到四面八方的漢軍都唱著楚國歌聲。**項王乃大驚曰：漢皆已得楚乎？是何楚人之多也？**大家知道，這是漢營的策略。

項王則夜起飲帳中。有美人名虞，常幸從；駿馬名騅，常騎之。從這裡開始，《史記》寫得非常動人。不過，後來司馬光寫《資治通鑑》，卻把這段全刪了。為什麼？在司馬光看來，這一段顯然與歷史的演變不相干。以事件的敘述而言，這一段是岔出去的；沒這一段，不僅沒影響，反而更「聚焦」。但在《史記》裡面，這一段鋪陳甚多，尤其動人。這牽涉到司馬遷與司馬光寫歷史，是兩個很不相同的視角。司馬光很「實」，所謂「資治通鑑」，是直接從歷史借鏡，獲取治國的經驗；著眼的，完全是實際的功能。可司馬遷不同，他除了人事的「資治」，也談成敗之外的天人之際。換句話說，司馬遷既談歷史的成敗得失，也談成敗得失之上。這乍看沒啥實際功能，卻牽涉歷史最根本的「魂魄」問題。

霸王別姬

因此，司馬遷在〈高祖本紀〉寫了〈大風歌〉，又在〈項羽本紀〉寫了垓下之圍項羽的慷慨悲歌。顯然，這是有意安排的。在這兩段歌裡，我們讀到兩個人內心深處的性情與魂魄。我們往下看。**於是項王乃悲歌忼慨，自為詩曰：「力拔山兮氣蓋世，時不利兮騅不逝。騅不逝兮可柰何，虞兮虞兮柰若何！」歌數闋，美人和之。項王泣數行下。左右皆泣，莫能仰視。**

從「有美人名虞，常幸從；駿馬名騅，常騎之」開始，這一段的筆法，講求對仗；讀著讀著，很容易感覺文章的韻律感。司馬遷這一路寫下來，很感人。

後來京劇《霸王別姬》裡項羽這一唱段，大家有沒有聽過？如果沒聽過，可以找來聽聽。通常有兩個管道，一是直接看京劇的「霸王別姬」，大概最後十來分鐘吧！劇中項羽與虞姬載歌載舞，泣下數行，唱得很好。如果不看京劇，也可以把陳凱歌的電影《霸王別姬》找來看看。這齣電影從頭到尾，都不斷重複這個唱段，也很有味道。

不過，儘管如此，我還是要殺風景地請大家想想：霸王這段歌詞，果真是他垓下被圍所做嗎？換句話說，這一段歌詞的作者，當真是項羽？我想，作者是項羽的可能性其實不大，反倒是司馬遷的可能性不小。怎麼說？

這一段很可能是司馬遷特意寫出來（要說是「杜撰」嗎？）與〈大風歌〉做對比的。（恰如兩人未出道前，司馬遷做了「彼可取而代也」與「大丈夫當如此也」的對比。）兩相比較，〈大風歌〉的作者是劉邦，殆無疑問。畢竟當朝高祖之歌，不僅史冊詳載，也必定流傳甚廣；司馬遷倘使要「偽造」，以他漢朝為臣，恐怕也斷無可能吧！至於垓下之歌，又為什麼說可能是司馬遷所做呢？

首先，項羽垓下被圍，慷慨悲歌之時，營帳中的人，包括項羽，包括虞姬，也包括旁邊的侍從，最後結局，要嘛被殺、要嘛自殺，應該都全無倖存。最後唯一活口，很可能就只是項羽在烏江渡口送給亭長的那匹烏騅馬。牠是唯一活口，卻不可能把這首歌傳布開來。所以，按情理說，這首詩作者是項羽的可能性，實在偏低。

其次，我要說的是，即使這首歌的作者果然是司馬遷，我們都還得承認：司馬遷「偽造」得真好。所謂「『偽造』得真好」，並不是指司馬遷以假亂真，「偽造」的技術高超；而是司馬遷用了一個假的東西，寫出一個最真實的生命狀態。這才是司馬遷過人之處。他用一段可能是編造出來的敘述，把項羽的魂魄，用最傳神、最感人的方式給勾勒出來。即使是假，都假得讓我們佩服；即使是假，都假得讓我們五體投地。這種「假」，比一般的「真」，更好，也更真。因為他寫的，是項羽的魂魄；魂魄才是最大的真實。

從虞姬、烏騅，再到這首歌，一路寫來，使兩千多年後我們讀了這卷《項羽本紀》，不論項羽再怎麼暴戾、做事再怎麼離譜，都依然會佩服他、同情他。讀完這一段，我們都必須承認：項羽是個大英雄！不論再怎麼不認同他的許多做法，但在這慷慨悲歌、泣數行下之際，我們對他還是有著無限的感慨。司馬遷這麼寫歷史，就很了不起。如果我們讀歷史，能具有司馬遷這樣的視角，就可以把人看得多面、看得立體、看得豐富。如此看人，就可以超越是非善惡、成敗得失之外，直接讀到這人的魂魄深處。這是司馬遷最厲害的地方。所以，這首歌的作者到底是誰，其實也不必太理會。但我們必須明白，這一段的鋪排，是司馬遷的大手筆，也是其他史家很難望其項背的。

天亡我，非戰之罪？

好，司馬遷寫到項羽泣數行下，左右都莫能仰視，最後，**項王乃上馬騎，麾下壯士騎從者八百餘人**，項王騎著烏騅，衝了出去，底下追隨的，有八百多人。後面的部分，很精彩，不看可惜。這一大段特別能看到項羽英雄末路的悲劇色彩。**直夜潰圍南出，馳走**。半夜時，突破重圍，往南疾奔而去，**平明**，直至天快亮時，**漢軍乃覺之**，漢軍才發現，於是，**令騎將灌嬰以五千騎兵追之**。灌嬰在後頭追，項羽則在前頭狂奔疾走，**項王渡淮，騎能屬者，百餘人耳**。項王渡淮水時，騎兵能跟上的，不過百餘人。一開始八百多，現在只剩下百餘人，項王衝得太快，大部分人都追不上。**項王至陰陵，迷失道**。項王迷路之後，便**問一田父**，結果，這田父騙了他，故意說往左邊走，一走，**乃陷大澤中**。**以故**，因為如此，**漢追及之**。

漢兵追上之後，**項王乃復引兵而東，至東城**，引兵往東而走，到了東城，於是有項羽的最後一戰。這時，**乃有二十八騎**，只剩下二十八個騎兵。**漢騎追者數千人**。**項王自度不得脫**。望著數千名的追兵，自知無法脫身了，**謂其騎曰**，跟他的騎兵說：**吾起兵至今，八歲矣**，從我起兵到現在，已經八年了，**身七十餘戰，所當者破，所擊者服，未嘗敗北**。這完全沒有吹噓，都是事實。**遂霸有天下**。接著，**然今卒困於此，此天之亡我，非戰之罪也**。這是很關鍵的一句話。項羽說是上天要亡他，而不是他征戰出了啥問題。這句話，就某個角度而言，沒算錯；因為，他確實會打，論征、論戰，沒人是他的對手。只不過，「天之亡我」，到底為什麼天要亡他？可能，至死他都沒明白。

項羽接著說，**今日固決死，願為諸君快戰**。反正今日必死，我就再為大家打一場吧！待會，你們一定會看到：我**必三勝之，為諸君潰圍，斬將刈旗**。如此一來，**令諸君知天亡我，非戰之罪也**。這一句話，項羽念茲在茲，耿耿於懷呀！**乃分其騎以為四隊，四嚮**。最後剩下的二十八人，再分四隊，往四個方向奔去。**漢軍圍之數重**。**項王謂其騎曰：吾為公取彼一將**。我等會為你取下一名漢將的首級。**令四面騎馳下，期山東為三處**。**於是，項王大呼馳下，漢軍皆披靡，遂斬漢一將**。這時，漢軍有一個**赤泉侯，為**

騎將，追項王。項王忽然一回頭，**瞋目而叱之，赤泉侯人馬俱驚，辟易數里**。這太厲害了。（瞋目而「叱」之，這「叱」字我很有感覺。這字保存在今天的閩南話裡，音近「ㄘㄜˋ」，但也不是去聲，而是入聲字；跟前頭的「走」字一樣，都讀成急促下滑音。我小時候在茄萣也常聽歐吉桑「叱」人，有時也滿嚇人，不過，當然沒有項羽這麼厲害，可以讓人馬俱驚，退了數里，魂魄都還收不回來。）

與其騎會為三處。漢軍不知項王所在，乃分軍為三，復圍之。項王乃馳復斬漢一都尉，殺數十百人。先斬了漢一都尉，接著，又「殺數十百人」，這讓我們想起〈項羽本紀〉開篇時，項羽不也同樣先斬吳郡郡守的首級，走出府門，又「所擊殺數十百人」嗎？這裡的「數十百人」，到底是幾十人？還是一百人？還是一百多人？其實，一點都不重要。甚至這個數字的真實度如何，也壓根不打緊。關鍵，只在於前後的呼應。項羽一開始踏上歷史舞台，就是「所擊殺數十百人」；而今他將離開歷史舞台，臨退場前，依然又「所殺數十百人」。這樣的前後呼應，格外能引起我們對歷史輪轉的喟嘆。這樣的書寫，就有力道。

接著，**復聚其騎，亡其兩騎耳**。廝殺了這麼久，也殺了漢兵「數十百人」，結果，楚軍卻只損失了兩騎。**乃謂其騎曰：何如？**項羽得意地問問手下：怎麼樣呀？**騎皆伏曰：如大王言**。這裡的「騎皆伏曰」，也跟開篇的「一府中皆慴伏，莫敢起」、「諸將皆慴服，莫敢枝梧」遙相呼應。**於是，項王乃欲東渡烏江**。這仗打完，他已證明自己的能耐，也證明確實「非戰之罪也」，所以，項羽就要東渡烏江。**烏江亭長檥船待，謂項王曰：江東雖小，地方千里，眾數十萬人，亦足王也。願大王急渡。今獨臣有船，漢軍至，無以渡**。這個亭長對項羽說，只要渡過烏江，就可以回到江東。江東雖小，卻足以讓大王另立局面、東山再起。（這裡的「小」，自然是當時的概念。如果換成今天，江東或江南，那是何其富庶、何其人口稠密、一點都不小之地。但在項羽的時代，江東發展比較落後，所以說是一個小地方）。

聽罷，**項王笑曰：天之亡我，我何渡為**。這兩句，當然是項羽的藉口。不過，太史公也有意與《高祖本紀》劉邦病危所說的「吾以布衣提三尺劍取天下，此非天命乎？命乃在天，雖扁鵲何益？」相互對比；兩人所說的，當然有同有異。而項羽真正的關鍵，倒不在這兩句，而是後面：**籍與江東子弟八千人，渡江而西，今無一人還。縱江東父兄憐而王我，我何面目見之？縱彼不言，籍獨不愧於心乎？**當初帶著八千江東子弟兵渡江而去，而今八年，那八千子弟兵卻已全軍覆沒，如今，假使我再回到江東，又有什麼臉面去見江東的父兄呢？即使他們不說話、不責備，難道，我不會覺得羞愧嗎？

之前講過，項羽在渡江這一剎那，為了臉面問題，躊躇再三；但如果換成是劉邦，則壓根沒這問題。因為項羽出身貴族。貴族從一出生開始，就有身分上的自覺。一來他們有種尊榮，有種高貴；二來他們也會矜持，會有面子的問題。劉邦沒面子問題。劉邦只要色身保住，就是一切；其他的，都可以再說。除了貴族出身，項羽更大的問題，就在於他從二十四歲出現在歷史舞台，才三年，就攀上生命的最高峰。當他號令天下、不可一世又過了五年，才忽然猛地一摔，兵敗垓下，這時，讓他再回到發跡的江東，真是「情何以堪」呀！如果他像劉邦一樣，五十歲左右才登場，登場之後也不被看好，結果經過八年，光棍一條，又回去了；這時，情感上不會有啥問題，也不可能把自己逼上絕路。

決定不渡烏江，項羽就對亭長言道：**吾知公長者**，我知道您是個長者。（之前提過，當時所說的「長者」，不見得年紀很大。可是，只要稍有年紀又被稱「長者」，就意謂著對方覺得你身上有種令人佩服的生命質地。所以，要對一個人表達敬意，最簡單的詞，就是「長者」。）**吾騎此馬五歲，所當無敵，嘗一日行千里**。（正因為太能跑，才會「騎能屬者，百餘人耳」。）**不忍殺之，以賜公**。結果，項羽把馬送給亭長之後，**乃令騎皆下馬步行，持短兵接戰**。下了馬，長兵器派不上用場，因此，開始短兵相接。**獨籍所殺漢軍數百人，項王身亦被十餘創**。太史公所描述的這個畫面，大家覺得像不像《英雄本色》裡的周潤發？不知道周潤發的形象有沒有來自於項羽的靈感？記得我年少看《英雄本色》，就很納悶：奇怪，怎麼打，都打不死，太不可思議了吧?!後來讀〈項羽本紀〉，才發現項羽正是如此：「殺數百人，身被十餘創」之後，依然屹立不搖。

顧見漢騎司馬呂馬童，回頭看到了漢騎司馬呂馬童，**曰：若非吾故人乎？**你不是我以前的手下嗎？**馬童面之，指王翳曰：此項王也**。呂馬童扭過頭去，對著王翳說，這就是項王。**項王乃曰：吾聞漢購我頭千金，邑萬戶。**我聽說劉邦開了條件，只要取我首級，便可以得千金、封萬戶侯。**吾為若德**，好吧！我就幫你這個忙吧！**乃自刎而死**。項王自殺之後，漢將蜂擁而上，結果，**王翳取其頭，餘騎相蹂踐爭項王，相殺者數十人**。（唉，難看呀！）**最其後，郎中騎楊喜，騎司馬呂馬童，郎中呂勝、楊武各得其一體**。包括取得首級的王翳，總共五個人，**共會其體，皆是**。像拼圖似的。**故分其地為五**。後來就把那萬戶的封地一分為五，五個人再來分封，這我們就不管了。

劉邦哭項羽

接著看七十四小頁第四行。**項王已死，楚地皆降漢，獨魯不下**。所有的楚地都已投降劉邦，只有魯例外。**漢乃引天下兵欲屠之，為其守禮義、為主死節，乃持項王頭視魯，魯父兄乃降。**劉邦本來打算率領天下兵馬屠魯，但念在魯人守禮義、為主死節，故而持著項王的首級昭示魯人，讓他們知道項王已死，再行抵抗也沒啥意思了。接著，太史公做了一點補充說明：**始楚懷王初封項籍為魯公，及其死，魯最後下**。當初楚懷王封項羽為魯公，魯人以項羽為主，所以才堅持不對劉邦投降。

比較重要的，是後面：**故以魯公禮葬項王穀城**，因此在穀城這個地方，用魯公的規格為項羽舉行了一場正式而隆重的葬禮。**漢王為發哀，泣之而去**，劉邦親自參加喪禮，哭了一場，然後才離開。這件事，後代爭議很多；許多人覺得劉邦不懷好意，也有人覺得他在演戲。他們的說法是：花了這麼大力氣把對方滅了，高興都來不及，還哭？因此，他們說劉邦是喜極而泣；因此，他們說劉邦是鱷魚的眼淚。

我不知道大家的看法是什麼？如果依照我的體會，劉邦的哭，是真哭；既不是喜極而泣，也不是鱷魚的眼淚。真要說，這裡頭有沒有演戲的成分？我想，多多少少。但是，在喪禮中落淚，肯定還是有一份真情。怎麼說？或許，我們因為不到他們那種檔次，所以不太容易體會：無論劉邦看項羽，或者項羽看劉邦，對方雖是個最大的敵手，可一旦對手消失了，心裡還是會有種悵然、有種感傷。當然，感傷歸感傷，打還是得打；但即使是打，對對方的愛惜之心依然是有的。我想，這應該得做點區分。敵人，常常是我們最在意的人。真正夠份量的敵人，有朝一日不見了，我們可能比誰都還難過。

這就像後來曹操對劉備的情感。兩人在煮酒論英雄時，曹操明知劉備會成為最強大的敵人，可是，那愛惜之心卻是比誰都還真切。事實上，不到曹操那檔次，也未必能準確地看出劉備的份量。換句話說，那才叫棋逢敵手呀！一旦棋逢敵手，就會惺惺相惜，也為對方暗暗叫好。所以，項羽死了，劉邦肯定會感傷。只不過，感傷歸感傷，殺歸殺，兩碼子事。類似的例子，譬如曹操殺陳宮。殺，不得不殺；可殺完了，曹操還是真心地哭。這哭，絕對不是演戲。他知道陳宮是個人才，最後不得已殺了他，還是要落淚。如果把這講成是喜極而泣，就未免把他們想得太淺薄了。事情顯然沒那麼簡單。人生的是非善惡也好，相互為友與相互為敵也罷，本來，就是一個動態的關係。絕不是一旦為敵，對方就一無可取，心裡也只剩下仇恨。不可能嘛！

然後，**諸項氏枝屬，漢王皆不誅**。這非常重要。所有項氏之人，劉邦一個都不殺。後來，他還**封項伯為射陽侯**。另外，還有**桃侯**、**平皋侯**、**玄武侯**，也都是項氏，後來也都賜姓劉。這四人之中，項伯封侯是沒有問題的；不論是鴻門宴，還是項羽要烹太公，項伯都有德於劉邦。至於另外三人，到底憑什麼封侯，我們就不得而知了。但重點在於，他封了四個項家的人，且項家所有的人他一個都不殺。這就回到我們前面所說的，「不嗜殺人者能一之」。如果換成是項羽打下天下，我們能想像「諸劉氏枝屬，項王皆不誅」嗎？不可能吧！這也是為什麼我說他一定會變成第二個秦呢？項羽雖說打下了天下，可天底下人心不服者，實在太多了。那麼多的人在項羽打下天下之後，都還懷著國仇家恨，都還有強烈的復仇念頭。這意謂著，天下依然會不安，依然穩定不了。可是劉邦這麼一做，至少，在項家這部分，就大致擺平了，對方也不會有太多復仇之念了。為什麼說劉邦豁達大度？不管他是真心也好、是表演也罷，總之，他所做出來的，就能讓天下清爽、人心安定嘛！

太史公評項羽

最後，看**太史公曰：吾聞之周生曰**，我曾聽周先生說道，（《史記》的「生」與後代所說的「生」不太一樣。明、清以來的「生」，譬如《西廂記》有名的「張生」，更多是我們在京劇、崑曲裡看到的那種細緻、斯文甚至過於陰柔的小生。可是《史記》裡的「生」，全是老生；都是有學問、有人品的老成之人。）**舜目蓋重瞳子，又聞項羽亦重瞳子**。之前講過，他們的眼睛都有兩個瞳孔。**羽豈其苗裔邪**？難道項羽是舜的後代嗎？果真如此，為什麼又會興起得這麼迅速呢？**何興之暴也**？另一句太史公沒講的話，則是：又何亡之暴也？**夫秦失其政**，司馬遷每回講到一個時代出問題，總說「失其政」，也就是政治沒抓到重點，該做的也沒做到。

陳涉首難，豪傑蠭起，相與竝爭，不可勝數。陳勝起兵之後，天下豪傑紛紛起兵。**然羽非有尺寸，**項羽本來沒有尺寸的封地，卻能夠**乘勢起隴畝之中，三年遂將五諸侯滅秦，分裂天下而封王侯，政由羽出，號為「霸王」**。**位雖不終，近古以來未嘗有也。**這樣的功績，儘管沒有持續，可畢竟是近古以來未曾有的局面呀！可是，**及羽背關懷楚，**等到項羽背關而去（也就是不肯定都關中），心裡還始終掛念著楚地，**放逐義帝而自立，**尤其又放逐義帝而自立，頓時失去了正當性，**怨王侯叛己，難矣，**這時再去抱怨這些王侯背叛自己，就無關宏旨、沒啥意思了。

自矜功伐，項羽誇耀自己本領，總念念不忘自己的功績，臨死之前，都還要對屬下展現自己的能耐，一定要證明自己有多行。事實上，像項羽這麼行的人，最大的陷阱，大概就是想證明自己很行吧！有這樣的念頭，自己的行，就會反過來成為最大的負擔。**奮其私智而不師古，**項羽老覺得自己很有想法，不願意虛心學習古人、聽聽別人的意見。**謂霸王之業，欲以力征經營天下，五年卒亡其國**。以為自己立下了霸王之業，憑著他的「力拔山兮氣蓋世」，就能搞定整個天下，結果，不過五年，國就亡了。**身死東城，尚不覺寤，而不自責過矣**。直到最後死於東城，尚且都沒覺悟，仍不覺得自己有錯，**乃引天亡我，非用兵之罪也**。**豈不謬哉！**事實上，一個人在臨死之前，倘使真能知道自己問題在哪裡，那麼，就已經是滿了不起了。大部分的人，恐怕都還茫然無知吧！尤其項羽，死時也不過三十二歲，到人生最後一刻，都還努力證明自己有多行。單單這點，就知道他離真正的明白還有多遠?!

好吧！〈項羽本紀〉我們就講到這裡。下面時間，請大家提問。

【提問環節】

一、我想請教一個司馬遷筆法的問題。在同一個時代裡，有些故事同時牽涉到項羽與劉邦，司馬遷怎麼決定該寫在〈項羽本紀〉還是〈高祖本紀〉呢？譬如高祖推小孩下車或者烹太公這樣的事，為什麼寫在〈項羽本紀〉呢？反之，在〈高祖本紀〉為什麼又會看到項羽所過無不殘破之事？這是有意的安排嗎？有沒有人研究太史公這些筆法的特別用意呢？

答：

肯定有相關研究，但我不清楚。因為，我不是做學術研究的人。不過，我相信太史公絕對有其用意。譬如剛剛那兩件事，明明主角是劉邦，理應寫在〈高祖本紀〉，但司馬遷顧及此事爭議太大，一般人難以接受，所以稍稍迴避，就改擺在〈項羽本紀〉。畢竟，〈高祖本紀〉寫的是司馬遷所處的漢朝的開國者，寫太多爭議性的東西，會惹來無謂的麻煩；可偏偏司馬遷又不想放過這些細節（如果換成其他史家來寫，大概都會刪掉這些有「汙衊」嫌疑的細節），於是，就挪了個位置。不過，即便如此，《史記》在漢代的名聲依然不好，許多人視之為「謗書」，覺得是一本毀謗之書。

換言之，這裡頭有著司馬遷權衡取捨的整體考量。至於〈高祖本紀〉裡寫項羽「所過無不殘破」，事實上，〈項羽本紀〉也談了類似之事，只不過在〈高祖本紀〉又特別再談，顯然是有些對比的效果。劉邦之所以成事，就在於他該放過就放過、該秋毫無犯就秋毫無犯，這和項羽的「所過無不殘破」，兩相對比，就特別有說服力。

二、剛剛提到打天下時，一定要有個正當性來作為號召；可是等到打下了天下，劉邦又把韓信、彭越、英布這些功臣殺光。幾乎歷朝歷代都會有類似的問題，不知道老師有沒有想到什麼處理功臣比較好的方法？

答：

這個問題，後面談韓信時，會再詳細展開。粗略地說，功臣確實是個非常棘手的問題。愈到後來，我愈覺得，在情感上大家都沒辦法接受殺功臣，可在現實上，這又有一定程度的不得不然。真要拿捏好，可能比我們想像的都困難許多。包括韓信這個問題。韓信是不是真的非死不可？他最後為什麼不是死在劉邦手下，而是死於呂后之手？劉邦知道韓信被殺之後，為什麼一邊高興，又一邊難過？這裡頭，的確牽涉到很多複雜的問題，我們就留到講韓信時，再來討論。

三、雖然《史記》是如此地精彩，可在今天這樣的時代，對於我們的安身立命又能有什麼樣的幫助呢？

答：

說到安身立命，我想，應該就是這門課的標題：「天人之際」吧！讀《史記》，真正體會了「天人之際」，我們就可以開始學會分辨：生命中有哪些事是注定扳回不了的？有哪些事我們是壓根不必在意的？又有哪些事情一定得換個角度看看？舉個例子。我有一個小學同學，是台塑的技術工人，十幾年前，不小心被機器壓斷了三根手指頭。我去醫院探望他，一進病房，看到他的家人一片愁雲慘霧，我卻嘻皮笑臉，還帶了兩本書給他。我說，躺在這裡，反正也就那幾根手指頭有事，其他的，啥事都沒有；既然如此，閒著也是閒著，不妨就看看書。於是，我拿了什麼書給他看呢？南懷瑾上、下兩冊的《論語別裁》。

我這個小學同學，私立高職畢業，當初連公立高職都考不上。他不是一個制式教育下會讀書的人，可是，很有腦袋。那時我探望他，之所以嘻皮笑臉，是因為我清楚意識到：他這次受傷，是禍，也是福。怎麼說？台塑那麼有傳統的大企業，員工因公受傷，公司斷不可能不做個妥善安排。換言之，公司不可能炒他魷魚，只會讓他脫離原來的操作工作，再轉去做行政工作。

我的想法是，以我老同學的聰明與靈光，一直當個技術工人，是可惜了。倘使改做行政工作，肯定會有更多的伸展空間。後來，果真如此。出院之後，他不再操作機器，改成負責工程招標，做得風風火火。因為他腦袋靈活，許多的眉眉角角，一學就會；尤其虛實之間的拿捏，更是如魚得水。上次他跟我說道，公司裡有幾個成大碩士畢業生，最近老問他，為什麼事情可以做得那麼漂亮?!他笑著說，是因為我的學歷比較低啦！要不然，就是因為我讀了幾本南懷瑾的書。

早先他手指斷掉，從人情來看，當然是場災難；可假使從天道的角度，就可能是上天在成全他。最後，他的確因禍得福；這一生，從此就不一樣了。他常說，現在有時候都覺得挺不好意思，與其說每天上班，更像去玩。玩玩包商、玩玩主管，有時候也玩玩同事。他管的事，其實都很簡單，只是不知道為什麼許多人都是一個頭、兩個大？他因為學歷的關係，職位沒辦法繼續往上調升，可是他有點像部隊裡最資深的士官長一樣，誰都惹不起。他變得非常有份量，因為沒有人比他更有經驗，也沒有人比他更能掌握狀況。他在公司裡待著，確實待得很開心。

相較之下，我們透過司馬遷的整理與鋪排，在《史記》就可以讀到起伏更大、起落更明顯、也更值得玩味的例子。《史記》中的生命觀照，提供我們的時間縱深，也提供天道的視角。就像今天所講「踹小孩」與「烹太公」這樣的事，人情是一回事，天道又是一回事。人情該照顧到的，當然要照顧。可是當兩者不能得兼時，就必須另具隻眼，才不會一時間被自己的情緒給困住了。

最近我剛去一個小學講座，提醒聽講的老師，不要期待台灣的教育已經到了谷底。我敢斷定：遠遠還沒有走到谷底。簡單講，八個字：沒有最差，只有更差。這是事實。大家得先接受這個事實，然後再來調整自己。否則，只會在不斷期待不斷落空之中滋生抱怨與不滿，最後，就消磨掉對教育的所有熱忱。

我跟這群老師說：一般而言，小學老師的最大好處是認真、有責任感、特別守規矩。但是，小學老師最大的罩門，其實也是太認真、太有責任感以及太守規矩。尤其面對不斷惡化的大環境，過度的認真、責任感以及守規矩，都很容易耗損所有的精力，最後把自己給活活困死。所以，大家必須學會調整。有些事值得做，當然要認真做；有些事沒那麼重要，就應該要敷衍了事、馬馬虎虎；至於某些做了無益、甚且有害之事（教育部造的這種孽，還算少嗎？），如果行政人員願意配合，大家睜一隻眼、閉一隻眼，最好的情況，就是一塊假裝忘記，壓根不做。等到有人提醒了，再故作無辜狀：哦，對不起！我忘了。

談「天人之際」，其實就是要學會拿捏這樣的虛實。中華民族一向是個「天人之際」的民族。在亂世時，中國擁有全世界數量最龐大的順民，每個都乖順得不得了。可時間一到，譬如秦末，突然又天下皆反。一個個的順民，彷彿瞬間都變成了刁民。這其實是「天人之際」的民族的智慧。情況不行了，就先「乖乖」當個順民，既不力挽狂瀾，也不整天抗議；這一、二十年來，台灣許多人就被抗議這玩意給害慘了。劉邦當年，啥時抗議了？啥時想力挽狂瀾了？事實上，許多事情要不就視若無睹、假裝忘記，要不就慢慢等待，等時機一到，再來翻轉。如果整天抗議，除了耗損能量，就只會加深自己的焦慮。壞的事物，從來都不會因抗議、對抗而獲得解決。事實上，對抗不是中國人的思維，那是西方人的概念。台灣這些年來，不正因為「對抗」二字，才整個垮掉的嗎？

四、可否問一個和今天的課程不太相干的問題？今天《聯合報》介紹越南一個猛將，叫做武元甲，活到一百零二歲，他跟法國、美國、中國都打過仗。整體的感覺，他的精氣神跟我們都不太一樣。如果換成台灣現在的精氣神，越南不知道已經被消滅幾次了?!老師能不能幫我們從歷史的角度，來分析一下現在的台灣？

答：

目前台灣的整體格局，是從一九四九年中華民國中央政府的播遷開始確立的。大家知道，如果一九五〇年沒有韓戰的爆發，以當時解放軍士氣之高昂、國軍之兵敗如山倒，台灣很可能在一九五〇至一九五二年之間就被解放了。整個形勢的逆轉，是因為韓戰。這裡頭，多少有些歷史的巧合。

在這巧合裡，如果以比較宏觀的歷史角度來看，台灣本來可以由於這樣的因緣際會，在歷史上扮演一個跟我們的面積完全不成比例的份量。事實上，作為一個不算大的島嶼，台灣曾經有一段時間，因為有志氣，因為放眼中原，所以，雖小猶大；所以，台灣人普遍有股你所說的武元甲的那種精氣神。可惜，這些年來，我們自毀長城了，我們放棄一個比我們地理上的實然更大、更有精氣神的角色。我們因為自毀長城，於是就慢慢變回到地理上的實然。我常跟大陸的朋友說，台灣本來可以扮演某種中心的角色，可自毀長城之後，就逐漸變回一個小島的角色。說白了，當台灣自我放棄，不願意再有逐鹿中原的雄心壯志之後，將來台灣的真正份量，大概就跟海南島沒太大兩樣了。

海南島的面積跟台灣差不多，但是，有誰會很在意海南島呢？

一個人的精氣神，取決於心量的大小。在座有幾位，尤其曾文祺先生，可能比我都更清楚。曾先生長期在大陸，當初的明基中國就是他在大陸打下的江山；他最清楚，台灣人的心量如果夠大，其實是可以扮演著多麼有份量的角色。某個程度來講，台灣本來可以變成一個新中原的角色，可是，我們放棄了。我們目前的本土化，老實說，其實就是自我封閉化。自古以來，只要決定偏安，就是自取滅亡。當年為什麼諸葛亮一定要北伐？因為只要不北伐，蜀地一待久，天府之國，山溫水暖，放眼望去，「蜀山水碧蜀江青」，很快，就安逸、就完蛋了。北伐的目的，固然是要取得成功，但更根本的，則是要維繫整個蜀漢的志氣於不墮。

說到底，就是志氣的問題。台灣的現在，就是沒那個志氣。沒志氣之後，最直接遭殃的，還不是將來的歷史定位，而是我們的下一代。

我們年輕人因為沒志氣，搞不清楚要幹嘛，所以只好一個個去追求「小確幸」。

第五堂

「覺悟」之難

還沒開始講〈留侯世家〉之前，先談談前幾回留下來的幾個大問題。

第一，〈項羽本紀〉最後的「太史公曰」特別強調，項羽「身死東城，尚不覺寤」，這一點，很重要。上回不是有人問到讀《史記》與安身立命的關係嗎？我想，「覺悟」二字，大概就是關鍵吧！所謂覺悟，說白了，就是到了最後，你有沒有真正搞清楚自己？這要說簡單，也算簡單；可真說麻煩，其實也夠麻煩。

我有個老鄰居，開民宿，幾天前提起，她有幾個客人是我的讀者，想見個面，問方便否？我說：不必吧！這幾年來，我比較朝減法的方向生活，事情可以不必，就盡量不必，因此我就婉拒了。婉拒之後，老鄰居仍不死心。週五的一大早，就送來一盤碗粿，說要給小孩吃。我當然知道這「不懷好意」。可對方送東西來，還是得道個謝，我只好下樓招呼兩句。聊了幾句，她說道：客人已經來了，您方不方便抽個時間？一下子就好。我看了她一眼，無奈說道：好吧，請妳的客人過來吧！

四位客人都是女士，六十歲上下，以前長住美國。有一個化學博士，在美國教書，現在退休了，回台灣。她說，教了那麼多年書，一路下來，忙學校、忙工作、忙家人，直至如今，小孩三十幾歲了，才發現好像沒為自己活過。我聽罷，嘆一口氣：唉，妳們這些人，都是沒事找個詞兒把自己給纏死。我現在最怕的話，叫作「為自己而活」；最頭疼的詞，叫作「愛自己」。我常說，老講「愛自己」，最後的結果，可能就是沒人愛。動不動就講「找回自我」、「為自己而活」，這本來就是西方概念，中國人不是這麼活的。

去年九月，我在杭州，有位讀者說道，她一直也想好好教養小孩，可是心想：如果花這麼多時間教養小孩，會不會失去自我呀？我一聽，忽然很想叫她去撞牆。我好笑又好氣地問她：請問，什麼叫作自我？妳好好教小孩，不是自我嗎？妳跟家人相處，不叫自我嗎？除此之外，還有什麼才叫作自我？難道妳在那邊玩微信（台灣就是玩臉書、玩 Line）的時候才叫自我嗎？妳玩微信，不是仍然在與人相處、與人應對嗎？如果連這個也不是，難道只有在發呆的時候才叫自我嗎？倘真如此，那妳乾脆當個植物人算了！

我跟她說：不要被「自我」的觀念給纏死了！如果真要說「自我」，很簡單：就是做好每件事，開開心心、清清楚楚，這就叫自我。絕對沒有在脫離人與人的關係之外，還有一個抽象的「自我」。如果往這方向想，最後只會困死自己。同樣地，我也提醒那個化學博士，覺得一大把年紀了都沒為自己活過，這完全是個偽命題，中國人壓根不存在這問題。

什麼叫作自我？中國其實不講自我，講「自己」。孔子說：「古之學者為己。」什麼是「自己」？你清楚了，就是「自己」。不清楚，講再多、做再多，都跟自己無關。太史公寫到後頭，特別強調項羽「身死東城，尚不覺寤」，就點出項羽的問題正在於一輩子沒搞清楚過自己。項羽一輩子沒有搞清楚過自己，那麼，我們呢？這是讀完〈項羽本紀〉之後，每個人都該問的問題。

久受尊名，不祥

第二點，上回提過，項羽有個較大的問題，是他的貴族出身；另一個更大的問題，則是他成名太早。正因如此，面對生命的起落時，他有種與平日的剽悍、叱吒風雲完全不成比例的脆弱，才會有最後的烏江自刎。

這種脆弱，在當代社會追求成功的人士身上，也同樣清楚可見。今年三月，孟謙邀我去台大演講，開場時，我特別提起，台大這些年來，每年平均自殺一個學生；在座的戴老師在建中教書，建中這幾年也幾乎年年自殺一個。台大與建中自殺比例如此之高，其實是可以拿來與項羽並參的，畢竟，他們的某些生命狀態是接近的。將來我們讀范蠡，范蠡就曾說過一句話，「久受尊名，不祥」。老被別人尊敬，那是不祥的。范蠡早先輔佐越王句踐，功成身退之後去了齊國，不久，齊王又聘他為相。對他而言，要名有名、要利有利，可兩回卻都在最高峰的時候幡然轉身，撒手不管走人。他第二次走人時，撂下了這句話，「久受尊名，不祥」。別人尊敬你太多，名聲太好，又持續太久，是件不祥之事。項羽，正是這樣的不祥。

講到這裡，我想，在座各位有某些人可能在外頭還滿風光，但一回家，地位陡地卻一落千丈，有此巨大反差，其實也未必是壞事。（底下好像有人在會心一笑，呵呵！）反之，如果你在外面叱吒風雲，回到家，家人又把你捧得極高，沒人敢惹你，從范蠡的角度看來，可能也未必是好事。我要講的是，人生其實就是這回事。項羽如果不是貴族出身還好，如果不是那麼早成名也還好，千萬別兩者同時存在。一踏入江湖，霎時就攀上了最頂峰；上得太快，下來就難囉！如此一來，他的人生就變成有上無下，生命該有的柔軟度就沒有了。我猜，大概虞姬也不會沒事損損他吧！

記得那天和四位女士聊天時提到，之前我去鄉裡的一所小學演講，開場說起這些年來我在大陸講了數百場，在台北也大概五、六十場，但在台東縣，這卻是第一回。才講完，兩位女士就不約而同說道：啊，他們真是近廟欺神！我說，倒不是，這只證明了：距離會造成美感。台北離我遠，大陸離我更遠，因此人們才會對我感興趣。我是用相反方向來考慮這事。如果我老覺得：啊，你們都是近廟欺神。很快，我就會完蛋了。「久受尊名，不祥」，項羽正是被這給卡死的，我們也應該在這點上反覆琢磨。

過「拋法人生」

第三點，前面我們講劉邦把惠帝、魯元公主丟下車去，這事可成為一樁公案，就端看你怎麼參。下課之後，孟謙問起，將來他到大學教書，面對更年輕一輩、普遍已失去志氣的年輕人，該怎麼辦？我說，他們沒志氣，我們能怎麼辦？這十幾年來，台灣的中、老年人其實都消耗太多時間來為年輕人的沒志氣焦慮，關鍵是，這都是完全沒能量的焦慮。記得上回席慕蓉老師帶著殷允芃女士（天下雜誌創辦人）來我家。聊著聊著，殷女士對於台灣年輕人將來何去何從憂心忡忡。說實話，當時我的回應，並不恰當；畢竟彼此不熟，她又不清楚我的語彙，所以我一講完，殷女士的臉色就不太好看。當時我說：唉呀，小孩嘛，管他們去死！如果我跟各位講這句話，因為你們已經上了五次課，熟悉這個脈絡，可能會覺得：嗯，本該如此！順著這個脈絡，那天我跟孟謙說，有時確實要學學劉邦，該丟的，就要丟。現在的小孩沒志氣，結果又遇到一群超焦慮的家長與老師，換成我是小孩，可能就會覺得：幹嘛我要操心？反正，該操心的，都被你們操心完了。對不對？你們都操那麼多心了，幹嘛我還要操心？事實上，孩子不太有機會知道他們的處境有多麼艱難。別說吃苦，他們連危機意識都沒有。長輩又死命地替他們操心，當然就更沒有危機意識。至少，總要有機會讓他們碰得鼻青臉腫。

台灣當然是在走下坡，這時，我們該怎麼面對年輕人呢？簡單說：請他們看著辦！看著辦，有兩層意思：一，你就看我怎麼活（因此，咱們有年紀的人就得更精神抖擻一些）；二，至於你自己的部分，自己走著瞧吧！你若有心，我們當然拉你一把；你若沒心，拉倒！萬一真的不行，必要時還可能一腳把你踹開。總而言之，就是要讓他有點危機意識，別讓他有恃無恐，覺得大人反正會替他操心。沒那回事！

最後一點，今天這個時代，大家的事情都只會愈來愈多、愈來愈忙。這不是個人的特殊狀況，而是時代病。正常情況下，事情必然就會不斷堆、不斷疊，大家都變得忙碌異常，甚至還會過勞。最重要的是，這忙碌絕大部分是沒意義的。所以必要時，我們還真得學學劉邦，當個無賴。當然，對很多人而言，學劉邦是極大的痛苦。因為一輩子認真的人，讓他耍耍無賴，確實很難。這痛苦的程度，其實遠超過無賴的人要變認真。但在這樣的時代裡，如果我們沒辦法做些調整、從劉邦身上獲得某些啟發，很容易就會被這時代給團團困住。

今天報紙不是才又報導，台大醫院有不少醫生都得了癌症嗎？問題關鍵，不就在於他們比誰都忙嗎？當然，他們可以找出很多理由說明自己的忙碌是很有價值、很有意義的，可是，這會不會只是給自己找的理由與藉口呢？老實說，我從來就不相信，有多少事情當真偉大到可以犧牲自己的健康？儘管可以宣稱為了社會，但我一聽，總覺得：算了吧！別自欺欺人了！事情，當然我們得盡力，可實際該負的責任，卻很少有我們想像中（或嘴巴所說）的那麼大。這也是為什麼剛剛提到，讀者來見，我多半拒絕。

畢竟，我沒那麼重要；再者，我也時間有限。我們的生命，都是何其有限；我們都應該學會聚焦，這才是重點。所以，算一算，今年我辭掉了三個專欄，更別說辭去了原來學校的工作。為什麼要這樣做呢？不就是聚焦嗎？沒有人是三頭六臂的，每個人都是有限的，都只能抓幾個重點。能在這些重點使得上力，那就萬幸了。其他的，就別高估自己了。

我們講「天人之際」，首先就是承認自己的有限性。天無限，人有限；我們每個人都是有限的，能做的事情都只有那麼一點點，別高估自己，也別自我膨脹。先承認這點，才能在「有限」的基礎上使上一點力氣。否則，我們多半只能是瞎忙，忙些沒啥用的事。可即便能使上力，也別覺得一定能做成什麼。許多事，還得看看上天怎麼安排。有些事是天意，不是我們想怎麼著就能這麼著，也不是努力就會有成果，那是兩碼子事。今天談張良，就還會再碰到這一點。天下之事，有時得看因緣怎麼轉、看上天怎麼安排，別老存心想改變什麼。現代人會活得那麼累，正因為大家老想要改變這個世界，結果，這世界卻被我們改變得愈來愈糟。動不動就想改變世界，基本上，就是個貪念；因為，我們壓根做不到；做不到，又老想，這不是貪念、非分之想，是啥？如果用我的話來講，我連老婆都改變不了了，我還改變這個世界?!笑死人，對不對？在座各位，請老實承認：能夠很輕鬆愉快改變你另一半的，請舉手？（嘿嘿！很難吧！）大家想想：假使連密切如另一半都那麼難以改變，又憑什麼改變這個世界？太好笑了吧?!事實上，別說另一半，單單我們自己，又何嘗輕易改變得了？連自己都改變不了，卻把「改變世界」整天掛在嘴邊，這問題是不是挺大的？我想，大家面對這些字眼時，大概都少了些該有的真實感，也模糊了應有的輕重。

當我們慢慢恢復真實感，也在真假虛實、輕重緩急之間更清晰一些時，就會愈來愈明白：人生確實有很多東西，該拋的，就得拋。當然，很多人都會說，要過「減法的人生」；「減法」一詞，其實很好；但大家後來說久了，就變成陳腔濫調，口頭禪似的。一旦變成口頭禪，說了就等於白說。正因語言本來就變動不居，所以我們得學會用新瓶裝舊酒。啥意思？人生的道理，說來講去，不過就那幾樁。哪天有人告訴你：他是第一個發現什麼偉大人生道理的人，這人不是神棍，大概就是騙子。數千年來，翻來覆去，也不過就是那幾個核心問題，可雖說如此，我們卻可以用不一樣的語言來說亙古不變的道理，可以用一罐罐的新瓶來裝舊酒，如此一來，大家霎時都有了新鮮感。有新鮮感，才有真實感。像「減法生活」，本來極好，可講久了，大家都沒感覺，這時我們就來換個新詞，譬如，我們開始用「抛法」，像劉邦這麼抛，該丟的，就丟。人家罵我們沒血沒淚，就讓他罵；我們只需搞清楚，我們要的，到底是什麼。

黃石公教張良，教了什麼？

劉邦跟項羽，我們講了整整四個星期，雖然依依不捨，但終究仍須跟他們告別。呵呵！現在，我們開始講張良。

好，看〈留侯世家〉。**留侯張良者，其先韓人也。大父開地，相韓昭侯、宣惠王、襄哀王；父平，相釐王、悼惠王**。他祖父跟父親二人，曾在韓國擔任五個國君的宰相，所以說，「五世相韓」。然後，**悼惠王二十三年，平卒**。張平去世之後又二十年，**秦滅韓**。當時，**良年少，未宦事韓**，張良還沒有在韓為官。可因父祖的緣故，所以**韓破**，韓被秦擊滅後，張良即使**家僮三百人**，家有僕傭三百人（這個數目滿驚人的），卻**弟死不葬**。為什麼？因為要把所有的財產拿來**求客**、**刺秦王**，為了要買殺手，**為韓報仇**，

以大父、父五世相韓故。三百個僕人，那他們家有多少錢啊？若用今天的算法，少說，幾十億財產吧！結果，弟弟死了不埋葬，就只為了復仇、買殺手；如此看來，這殺手可真是天價呀！**得力士，為鐵椎重百二十斤**。這不是我們今天的百二十斤，當時的「斤」較小，大概兩百多克，這「百二十斤」大概也就是二十幾公斤。二十幾公斤的鐵椎奮力一甩，還是挺嚇人的。

秦皇帝東游，良與客狙，擊秦皇帝博浪沙中，誤中副車。秦始皇坐哪輛車，沒人料得準，運氣不好，就會誤中副車。**秦皇帝大怒，大索天下，求賊甚急，為張良故也**。從此，張良**更名姓，亡匿下邳**，就在下邳那地方過著亡命生活。然後，**良嘗閒從容**，「從容」二字，可視為張良後來一生的關鍵字。在任何狀態下，他的特徵就是從容。**步遊下邳圯上**。**有一老父，衣褐至良所，直墮其履圯下**。從這兒開始，就是大家熟悉的圯上老人的故事。大家讀這一段時，首先會覺得黃石公這人厲害，其次也會在意《太公兵法》到底寫了些什麼。但我提醒大家，不必太管《太公兵法》寫了些什麼，那不算重要。如果大家讀過兵法，就知道兵法的內容基本就是那樣，差別不大。再說，張良貴族出身，家裡五世相韓，家世如此顯赫，真要弄部兵法，有啥困難？故事的關鍵，不在於黃石公給了什麼兵法，而在於黃石公給了張良什麼啟發？

大家仔細讀這段，黃石公啟發了張良什麼？乍看之下，黃石公似乎啥也沒說，無非就是一些不著邊際的字眼——**孺子，下取履**（娃娃，幫我把鞋子撿起來）；**履我**（娃娃，幫我穿鞋）；**孺子可教矣；後五日平明，與我會此**；等過了五天，黃石公怒道：「娃娃，跟老人家相約，怎麼可以晚到？」；再過五天，黃石公又發怒：**後，何也？去。曰：後五日復早來！**到最後，張良夜未半就等著黃石公，等於提早一天到，這回，黃石公總算欣然言道：「不錯，這本書拿回去，**讀此則為王者師矣**。」黃石公傳授了什麼道理？沒有。那麼，到底是什麼啟發了張良？我想，恰恰因為黃石公沒講任何道理，啟發才最大，才讓張良的生命從最根柢處打開了。

司馬遷寫張良，一開始先交代家世背景，再談到秦滅韓後，張良下定決心復仇，即使弟弟死了，都不辦喪禮，就只因為要傾全力去謀刺秦始皇。結果，博浪沙行動失敗了，張良躲到下邳成為一個亡命之徒。顯然，張良原是一個血氣洶湧之人，類似荊軻那種性格，甚至，還有那麼一點匹夫之勇。這跟歷史上極度淡定、高瞻遠矚的張良形象，距離非常遙遠。這之間的轉變，到底是怎麼發生的？關鍵，就是黃石公。

張良碰見黃石公，看似偶然，其實不然。說白了，自張良「從容步游」以來，黃石公肯定已打量他好一陣子，覺得這年輕人可託重任，所以才決定進行一次「徹底」的教育。於是，我們看黃石公處處刁難，先故意把鞋子往下一掉，然後用輕蔑的口吻對張良說：「孺子，下取履」，接著，《史記》寫了很重要的三個字，這三個字，估計大家很快掃過去，沒太注意。但大家試想，張良原本血氣那麼洶湧，面對黃石公這莫名其妙的舉動，會是怎麼反應？也許，你會說：「哼！你有毛病呀，誰理你這死老頭？」那麼，顯然你脾氣比張良好得多，你可能也幹不了暗殺這種事。張良脾氣沒那麼好，當時的反應，據《史記》所載，是「**欲毆之**」。張良想揍黃石公。「欲毆之」三字，是關鍵。

後來我常說，別以為當一個真正的好老師有那麼容易?!那是得冒風險的。如果張良果真一拳下去，黃石公的鼻子肯定就歪了；這下子，黃石公恐怕只能鼻子摸摸，自認倒楣，畢竟，神仙打鼓有時錯，這回算他失算了。所幸，就在這時，張良不知道怎地（天意吧！），忽然忍住怒氣，氣一沉：算了，看他那麼老，就幫忙撿了吧！於是，他有點勉強，不太情願地撿了上來。緊接著，黃石公得寸進尺，又把腳伸出來，說道：「娃娃，幫我穿上。」張良這時有點犯傻，似乎剛剛氣一沉，來不及再發作，既然已經撿了，就乾脆再幫著穿吧。

這時，黃石公如果繼續藏著掖著，張良讀不出訊息，這課大概也上不下去了。因此，張良跪著穿鞋時，黃石公就露了一手，突然對張良詭異一笑，若用傳統小說的說法，這一笑，叫作「洩漏天機」。這笑，太豐富、太有內容了，張良又是何等聰明，於是就被這笑給震住了；他突然意識到今天事有蹊蹺，因此便瞬間驚醒。這震動與警醒，是整個教學過程的轉捩點。

黃石公看張良這小子已進入狀態，便故意往前走了一段路，慢悠悠地，再來個回馬槍。**去里所，復還**。張良站在原地，傻愣愣地望著黃石公離去的身影。如果，黃石公從此走了，這戲就沒得唱了，顯然，他還會再回來的。但是，得先走一段路，再轉回來。為什麼？這樣才能讓張良琢磨片晌，讓心裡的懸念達到某個飽和點。所以，等他走回來，才又對張良說：**孺子可教矣；後五日平明，與我會此**。於是，就有後頭那五天、再五天、又五天的故事。結果，打從張良震動、警醒之後，後面的張良與一開場的血氣洶洶、「欲毆之」，簡直判若兩人。他後來幾乎是任由擺布，無論黃石公怎麼「整」他，都甘心被「整」，變得啥脾氣都沒有了。

最後，我們再談一下，為什麼黃石公要一次次地讓張良五天後再來呢？頭一個五天後，張良天亮前到了，也算準時，也有誠意，這時黃石公直接把書給他，不就得了？為什麼還要一而再、再而三地五天又五天呢？簡單說，這就叫作「磨」。某些課程，確實得拉開一些時程，長度要夠，時間要累積，才有辦法由量變產生質變。所進行的教育，也才可能產生翻轉生命的能量。如果第一次就給他，能量還不夠，給了也是白給；因此得看看張良的狀態，再磨幾次，就像用砂紙反覆磨那顆原本粗糙的心，就這樣，前前後後，花了十五天，才把張良的狀態磨平。

張良那麼聰明的人，前後需要十五天，經過一個個狀況的鋪墊，總算才把他原來的浮躁和衝動給磨掉。那麼，換成是我們，要磨掉一些根柢的習氣，磨得掉嗎？如果磨得掉，又需要多久？短短十五天，我們辦得到嗎？如果我們身旁忽然有黃石公這種啥都沒講、啥都不教、卻一下子碰到要害的「大師」，我們會猛然警醒嗎？我們能虛心受教嗎？

什麼才算真正的「王者師」？

上完這門課，黃石公最後對張良說：「讀此則為王者師矣。」黃石公這個預言很有意思，後來歷史上最好的「王者師」，果然，就是張良。大家後面會看到，張良面對劉邦時是什麼姿態？是一個臣子的姿態。劉邦對張良特別客氣，有點把張良當作先生或是賓客看待，言語之間，並沒有直接把張良視為臣子，可張良卻不以一個老師的身分自居。絕對不會。這才是真正的王者師。

所謂「王者師」，不管如何，都還是在王者之下；王者對你敬重是一回事，自己恪遵分際則是另一回事。譬如諸葛亮跟劉備，那就是王者師跟王者的關係，那樣的關係才是健康的。讀書人再怎麼了不起，畢竟沒有王者真正開創的能力，別以為自己讀了點書，知道些道理，就理所當然要享有最高的地位，那是讀書人的傲慢跟自大。

從宋代之後，讀書人這種傲慢變得明顯。往好處看，錢穆所說的「士人精神」格外昂揚，讀書人以天下為己任、有擔當、有責任感，道德感也特別深。從負面來說，讀書人開始有點上不著天、下不著地，一方面對王者有種高姿態，另方面也慢慢與民間脫節。這種與民間的脫節，即使到了明代晚期反宋儒、強調性靈的那批人，也仍然沒解決。這些讀書人概念上以天下蒼生為念，可真正跟「蒼生」相處，卻沒有能力像劉邦那般相處融洽、渾然一體，甚至還可能心生嫌棄、多有不屑。讀書人跟民間的隔閡愈拉愈大，最後變成《易經》裡面的否卦。《易經》的否卦，上天下地，天地否；天是天、地是地，兩者無法往來。與否卦顛倒的，是地天泰；地在上、天在下，就是交流的狀態。大家讀《論語》，看得出孔子可以與一般人交流。張良等人，也都沒有問題。可到了宋儒之後，就大有問題了。這樣的否隔，可以部分解釋文革的時候，正因整個中國大地那股反知識分子的情緒，大家鬥臭老九才有辦法鬥得那麼起勁。就這一點而言，許多知識分子至今都未必能心平氣和地照察得到。

相較而言，讀書人跟王者的關係可能還更嚴重。宋儒之後，愈以天下為己任的讀書人，就愈容易自居王者師，他們喜歡指點江山，也期待王者能以學生侍奉老師的姿態來面對他們。他們自認代表「道統」，王者則是「政統」；道高於政，所以理應更受尊敬。

這樣的高姿態，程頤可算代表。他不是有一次教訓了宋哲宗嗎？此事後儒多半認可，甚至傳為美談。他們認為這才是師道尊嚴。因為道統「本來」就高於政統。這樣的姿態，造成讀書人跟王者關係的緊張。讀書人愈是高姿態，王者當然會愈提防，甚至愈想壓壓這班人。於是，就有後來朱元璋對讀書人的極不尊重。早先讀歷史，總覺得朱元璋這人變態。後來才清楚，這其實只看到了一個面。任何事情，兩個銅板才會響；顯然，這跟讀書人的某種特殊姿態是息息相關的。甚至後來毛澤東要把知識分子鬥臭、鬥垮，固然有毛澤東個人心態的問題，可是也多少牽涉到王者跟士人的關係不健康。從這個角度去爬梳文革，就會發現，文革這十年固然是個劫難，但更該是個反省。

宋以後的讀書人，看來志向愈來愈大，動不動就天下為己任，動不動就「為天地立心、為生民立命、為往聖繼絕學、為萬世開太平」，愈講愈偉大。可是我們得自問：這種偉大是真的「志氣」呢？還是佛教所說的「顛倒夢想」呢？說實話，這兩者看起來很像。因此，緊接著更重要的問題是：「志氣」跟「顛倒夢想」到底要怎麼區分？

最好的區分，就是看看那個人的生命狀態。真正有志氣的人，志氣清堅，就容易清爽，也有種喜氣，人也明亮。而顛倒夢想中的人，精神狀態不那麼透明，容易憂慮，容易患得患失；因為患得患失，所以容易氣憤、容易激動，也容易慷慨激昂。一慷慨激昂起來，自己當真，別人也被感染，這時就特別容易被誤以為是有志氣。但這當然是兩回事。

待會我們繼續讀下去，會看到張良生命狀態的心靜如水；聽張良講話，平平實實，好像也沒啥慷慨激昂。劉邦要封他三萬戶，他只淡淡地推辭；劉邦即帝位後，他也沒說要幫劉邦弄到「天下大治」、將來可上比堯舜之類的。在張良的口中，從沒有一句偉大的話。可是一步一步、慢慢地，整個漢朝就在這麼不動聲色的情況下展開了。相較於儒者整天高喊「為萬世開太平」之後，中國好像愈來愈不太平；而台灣也自從愈來愈多人慷慨激昂之後，日子反倒愈來愈不安穩了。兩相對比，特別有意思。

千古一遇

繼續往下看，**後十年興**（十年後你會出山），**十三年，孺子見我。濟北穀城山下黃石，即我矣。**（十三年後，你在濟北穀城山下看到的黃石，那就是我）。然後，故事結束：**遂去，無他言，不復見。**

再下來，**良因異之**，後來就**常習誦讀之。居下邳，為任俠。項伯常**（這「常」不是經常，而是曾經的「嘗」）**殺人，從良匿。**又一個跑路的，項伯。項伯曾經殺人，亡命之後，投靠張良。張良自己亡命，另一個亡命之徒卻跑來投靠他，這很有趣。正因項伯跟張良有此淵源，才有後來鴻門宴的故事。

後十年（正如黃石公所預言），**陳涉等起兵。良亦聚少年百餘人。**這是當時普遍的情況。之前我說過，每逢劫難之時，中國歷史有最多的順民。傳統中國的思考與現代的公民運動恰恰顛倒；公民運動是遇到任何不對之事，就起來抗議，伸張權益。這不是中國的做法。中國人一向是：遇到麻煩時，我們先賣個乖、當個順民。順民是表面上順，骨子裡卻不是那回事。一旦達到了某個飽和點，中國人造反的能量也是所有文明中最高的。中國人通常是表面上順應你，實際則看著辦。這是我們歷史一直有的彈性。我們每個人面對生活時，其實也要保有這種彈性，別整天沒事去抗議，那是跟自己過意不去。抗議不是解決問題的好辦法，只會消耗自己的能量。

話說回來，連張良這樣的人，都聚集百來人起兵，可見當時天下群起而反的，還真是難計其數。其中，有個**景駒自立為楚假**（假就是代理）**王在留**，景駒在「留」自立為王，張良打算投靠他，結果，還沒見到景駒，卻在留地**道遇沛公**，路上遇到了劉邦。當時劉邦帶領著幾千人，**略地下邳西**，攻打下邳以西之地。兩人相遇之後，張良**遂屬焉**，就歸順了劉邦。**沛公拜張良為廄將**，廄將就是管馬車的，大概是「車輛官」。**良數以《太公兵法》說沛公，沛公善之，常用其策。良為他人言，皆不省**。同樣的事，張良跟別人說，別人都無法領會；可跟劉邦講，劉邦卻一聽就懂。所以，張良講了一句很關鍵的話：**沛公殆天授**。他說，劉邦真是個天才；他那種善聽、瞬間解悟的能力，根本是上天授予的。

劉邦的厲害，在於沒遇過、不清楚的狀況，但凡聽明白的人一說，馬上，他也就明白了。一方面，他可以當下轉換；二方面，他也能瞬間融入對方。這是天分，既不靠邏輯思考，也不靠知識累積；知識與邏輯對此完全沒幫助。就瞬間融入的本領而言，毛澤東其實滿像劉邦，都是打天下之人。毛澤東年輕時，曾有一次跟同學未帶分錢去遊湖南一圈。不帶錢怎麼遊呢？就當叫化子乞討。結果，他同學是書香世家，去乞討時，都還要整整衣領，乾咳幾聲；至於老毛，就沒這問題，可當下融入那個情境。所以，老毛可以打得了天下。就這點而言，你讓劉邦去演叫化子，肯定也可以演得很好。他沒這個障礙。我們都會有障礙，所以我們打不了天下。

當然，老毛如果跟劉邦相比，有個根本的缺點：老毛讀書太多了。大家知道，老毛很愛讀書的。晚年的他，幾乎整天讀書，尤其線裝的史書。讀書太多，使他謀略太深、權詐太過，少了劉邦的清爽。劉邦因為不讀書，所以聽張良一講，像面鏡子一樣，當下就可以映照得清清楚楚。老毛不一樣，老毛晚年的偏執跟他讀書太多頗有關係。所以，在座讀書甚多的，得警惕自己，千萬別偏執。一個人書讀多了，如果能愈來愈柔軟，這就叫「修得正果」。但這很難。通常反倒是讀書愈多愈偏執。我的意思，當然不是說不讀書，而是說，開卷其實未必有益。任何事物，必然利弊互見，天底下沒有哪條路是毫無問題的康莊大道。自清末以來，許多中國讀書人都在追求一個可以長治久安、徹底跳脫一治一亂循環的制度，唉！真是一群書呆子。天底下哪有這麼好康的事？哪有一個東西是永遠不壞的？大家看秦始皇跟漢武帝求長生不老之藥，都知道要笑他們；但要找個長治久安、不再有治亂循環的制度，難道不是同樣的思維嗎？天下的事物，有成就有毀，有好就有壞。真要找個永遠不壞的東西，那就是「塑膠袋」；正因不壞，所以才變成最大的公害。今天我們以為「民主」可以長治久安，到頭來，會不會也成了另一種公害？

好，張良在「留」遇到了劉邦，從此雙方的緣分就此確定。這因緣之特殊，在於一交手，雙方就清楚看出了對方的程度。「良為他人言，皆不省」，可劉邦一聽，卻立刻聽出張良有多厲害。反過來說，很多人（尤其讀書人）不是看劉邦都會覺得很討厭嗎？可在張良眼裡，沛公殆天授，劉邦是天才呀！到了某個層次的人，彼此一望，啥就都明白了。層次不到，只好嫌東嫌西，那也是沒辦法的事。

後來，張良隨著劉邦進咸陽，這事提過，現在再詳談一下。第八頁倒數第三行，**秦王子嬰降沛公**。沛公進了咸陽，**入秦宮**，一看，**宮室帷帳、狗馬重寶、婦女以千數**，霎時眼花撩亂、意亂情迷，就**意欲留居之**，想在皇宮享受享受。這時，有人趕緊勸阻他，第一個是誰？是樊噲。大家知道，樊噲屠狗，正如張飛殺豬，這種人常常特別重義氣。但重義氣的樊噲，在這關鍵時刻，腦袋卻是異常清晰。一般屠狗之輩進了咸陽，看大哥都已經要去享受了，他們當然也趕緊見識見識。可樊噲卻在這時候猛踩剎車，這一方面是他的膽氣，二方面也是他的見識。這時，張良多半不會是第一個開口的人。他不敢為天下先，常常會是第二個；得先看一下形勢，再決定該不該說。樊噲就不管這麼多；畢竟，他是屠狗之輩，跟劉邦又是哥兒們，哪可能一句話考慮半天？結果，**樊噲諫沛公出舍**，**沛公不聽**。這時，張良接著就說了一段話，希望沛公以大局為重，離開咸陽，重回霸上；這回，劉邦就聽進去了。

同樣地，後來討論定都關中時，第一個勸劉邦的，也不是張良，而是婁敬。婁敬一說，劉邦不予採納；可張良再說，這事就成了。張良說話之所以如此有份量，一來是因張良說話有條理，善於說出一個所以然來（樊噲肯定沒辦法講得那麼清晰明白）；二來是有前者的鋪墊，容易匯集能量；三來也在於張良會抓時間點、謀定而後動；正如當年黃石公教誨他的一般。

鴻門宴中的張良

後來，沛公離開咸陽，還軍霸上。不多久，就是鴻門宴。早先劉邦關閉了函谷關，不讓諸侯進來，以為如此就能據有秦地。結果，項羽一到函谷關，當然大怒，**欲擊沛公**。**項伯乃夜馳入沛公軍**。項伯因與張良素有交情，急忙連夜趕來通報，要張良速速離去，別再管劉邦。張良不肯，說他**為韓王送沛公**。**今事有急，亡去不義**。張良不肯走，反而把事情告訴了沛公，**乃具以語沛公**。**沛公大驚，曰：為將柰何？**張良言道：**沛公誠欲倍項羽邪？**你真要背叛項羽嗎？換句話說，你有這實力嗎？沛公答道：**鯫生**（「鯫生」不是姓鯫的先生，而是一個豎仔；「鯫」，小魚；「鯫生」是指格局渺小之人）**教我**，有個豎仔對我說，**距關無內諸侯，秦地可盡王**。**故聽之**。張良接著問：**沛公自度，能卻項羽乎？**摸摸良心說，您抵抗得了項羽嗎？**沛公默然良久。曰：固不能也**。劉邦不講話，隔了許久，才說：真沒辦法！

看一下旁邊的「考證」：「良久」二字，見沛公沈思之狀，而《漢書》刪之。後來《漢書》把「良久」二字給刪掉了，刪掉之後，就顯得無趣。在許多關鍵的地方，劉邦常常就悶不吭聲，「默然」，因為，說不出話來。可隔了很久，「良久」，還是會承認現實，不硬拗，也不會有情緒反彈。但需要些一點時間，要有個過程。

接著，劉邦請張良把項伯找來，結為親家。後來便有鴻門宴，第十小頁最後一行，**沛公為漢王，王巴蜀，漢王賜良金百溢、珠二斗。良具以獻項伯**。鴻門宴結束後不久，項羽號令天下，劉邦受封漢王，賞張良金百鎰、珠二斗。張良完全沒留下來，左手來、右手去，全部轉送給項伯。從此，項伯總在關鍵時候幫劉邦說說話，這顯然跟張良不著痕跡的安排有關。隨後，**漢王亦因令良厚遺項伯，使請漢中地。項王乃許之，遂得漢中地**。項羽本來只給四川，因項伯的關說，又多封了劉邦漢中。這影響極大。如果只封巴蜀，進關中就得先入漢中，再打關中，這難度極高；大家知道，「蜀道難，難於上青天」，大部隊要入蜀、出蜀，都極費事。可一旦取得漢中，就少掉了大半麻煩。結果，**漢王之國，良送至褒中，遣良歸韓**。項羽分封之後，劉邦赴漢中就任，張良一路相送。送到了褒中，劉邦讓張良回返韓國，這時，**良因說漢王曰：王何不燒絕所過棧道，示天下無還心，以固項王意**。您何不將路上的棧道都給燒了，這麼一來，大家知道您死心塌地去了漢中，無意回返關中，項羽自然就不再有防備之心了。

「留」侯

正因張良這計策，後來齊、趙造反，項羽沒太多顧慮，直接往北打，才給了劉邦趁虛而入的機會。再下來，劉邦打天下的過程，張良在旁的運籌帷幄我們就不詳細講，現跳到十八小頁第二行。**漢六年正月，封功臣。**劉邦統一了天下，開始分封。張良雖然**未嘗有戰鬬功**，但是，**高帝曰：運籌策帷帳中，決勝千里外，子房功也。自擇齊三萬戶**。子房你運籌帷幄、決勝千里，如此大功，就在齊地挑個三萬戶以為食邑吧！

當時論戰功，公認曹參第一；曹參所封，就是一萬零六百戶。張良不僅三萬戶，而且還是最富庶的齊地。劉邦這開口，當然驚人，可重點不在這兒，是接下來的張良反應。**良曰：始**，一開始，**臣起下邳，與上會留，**

我從下邳起兵，在留與陛下不期而遇，**此天以臣授陛下**。這話說得多好，對不對？是上天把我送給了陛下。**陛下用臣計，幸而時中**，是呀！有時不過僥倖，不小心說對了。**臣願封留足矣，不敢當三萬戶**。請皇上封我「留」就好（劉邦曾見曲逆人口繁盛，只遜於洛陽，便封給陳平；後來一問，經秦末兵亂，曲逆當時也只剩五千戶。由此推之，「留」至多也就三、四千戶），至於三萬戶，我是萬萬不敢當。為什麼封「留」？那是我與皇上相遇的地方呀！唉，多感人呀?!口氣像定情之地似的。大家想想，這樣子的人說這樣的話，劉邦會猜忌他才怪。換成是我們，聽這番話，肯定要感動的。

張良一向淡泊，沒啥權力欲，這與他的貴族出身息息相關。一個人出身貴族，若論缺點，大概就像項羽那樣被面子與身段困住；若論優點，則是張良這樣的不忮不求。對他而言，榮華富貴，什麼沒看過？他不會像劉邦底下那幫人，為了封多封少，整天吵吵鬧鬧。在張良眼裡，多封少封，反正，就是那麼一回事。就好比那天我七點多去買雞肉，老闆娘問道：老師你這麼早？是不是又出新書，高興到整夜睡不著覺?!我笑著說：現在出新書，哪有可能睡不著覺？如果第一本，興奮一下，還有話說；現在那麼多本了，怎麼可能會睡不著?!同理，張良這種人哪裡還會在意分封多少？事實上，任何出身都會有利有弊；人不必自我感覺良好，也不必自我武裝；對我們而言，都應該學會看到跟我們不一樣背景的人的好處。這是很大的學習。像我們這種寒微出身的人，在張良身上，就可以看到世家子弟最好的一種人格質地。

接著，張良**與蕭何等俱封**。到了漢**六年，上已封大功臣二十餘人，其餘，日夜爭功不決**。大家看，就是這些沒見過世面的，還吵著呢！**未得行封**。為什麼沒辦法那麼快封呢？畢竟，封得太快，容易計較糾紛、引來不平，還是得從長計議、慢慢來，這確實滿複雜的。結果，**上在雒陽南宮，**劉邦還在洛陽時，在皇宮中**從復道望見諸將往往相與坐沙中語**。劉邦就問張良：**此何語？**他們在說什麼？**留侯曰：陛下不知乎？此謀反耳。**張良這話是真是假？我想，是真的可能性不大，多多少少，是在危言聳聽。畢竟，坐在那邊謀反，不太可能吧！有這種謀反方式嗎？又不是辦家家酒。

可是，張良為什麼這麼講？先往下看。**上曰：天下屬安定，何故反乎？**劉邦說，天下都已經平定了，他們為什麼還要造反呢？**留侯曰：陛下起布衣，以此屬取天下；**您布衣出身，是憑藉著這幫人才取得了天下。**今陛下為天子，而所封皆蕭、曹故人所親愛，而所誅者皆生平所仇怨。今軍吏計功，以天下不足徧封，**這些軍吏估摸著，天下就那麼大，不可能每個人都封得了，**此屬畏陛下不能盡封，恐又見疑平生過失及誅，故即相聚謀反耳。**他們算一算，要封，輪不到他們，可早先又曾經有過失甚至還得罪過陛下，搞不好，最後反落個罪名被殺；他們不願坐以待斃，才因此聚在一起商議謀反呀！**上乃憂曰：為之柰何？留侯曰：上平生所憎，羣臣所共知，誰最甚者？**劉邦憂心地問道：那怎麼辦？張良反問：您生平最憎恨、最為大家熟知的，是誰？

劉邦答道：**雍齒與我故，數嘗窘辱我。我欲殺之，為其功多，故不忍。**早先他們往來之時，雍齒就常常窘辱他。為什麼？劉邦本來就吊兒郎當，當然有人也會這樣對付他。雍齒不客氣，有好幾次窘辱他，所以劉邦滿恨雍齒的。再加上劉邦老家是沛縣豐邑，當年一起兵，雍齒占領了豐，後來卻投靠魏，還帶著豐邑百姓跟劉邦打擂台。等於劉邦一起兵，雍齒就造他的反。留侯一聽，心想，這好辦，遂**曰：今急先封雍齒，以示羣臣。羣臣見雍齒封，則人人自堅矣。**劉邦立刻照辦，於是，**上乃置酒，封雍齒為什方侯，**同時，**急趣丞相、御史定功行封，**催促丞相、御史大夫趕緊論功行封。**羣臣罷酒，**大家參加完雍齒的封侯酒宴之後，**皆喜曰：雍齒尚為侯，我屬無患矣。**

剛剛言道，真說那幫人要準備造反，恐怕是言過其實。但張良為啥這麼說？其實，這就是「消弭於無形」。換言之，說造反，那是假的；可人心浮動，卻是真的。浮動不安若過了臨界點，就難保不會出事。恰好劉邦問起，張良便趁這個勢，借力使力，將隱而未發的問題給解決了。雍齒一封，大家心就安了。這麼大的隱患，張良一開口，就輕易消弭於無形。這是大本事呀！

張良最後一次出手

再來，二十一小頁倒數第二行，**留侯從入關**。劉邦遷都關中後，留侯跟著入關。**留侯性多病，即道引不食穀**。他本來多病，因此開始學道家的導引、辟穀。我這幾年接觸一些大陸朋友，不少人都辟穀過；有的七天，有的十天，有的更久。只要有行家指導，成效都不錯。從這時開始，張良已開始淡出，但他沒像范蠡一樣頭也不回、立馬走人地決絕，為什麼？理由很簡單：劉邦跟句踐不一樣，他們是很不一樣的人。同時，張良也知道，他還可以再幫劉邦一些忙；但無論如何，根本說來，他是開始淡出了。所以，封留侯，可；但是，三萬戶，否。跟劉邦一塊入關，可；但身體一向不好的他，要開始學仙了。張良慢慢轉身而去。最後的臨去秋波，是關於太子的廢立。

劉邦晚年，一直看惠帝不順眼。惠帝仁弱，跟劉邦的性格反差太大。一來是劉邦不喜，二則也憂慮將來會挑不起重任。同時，劉邦又寵愛戚夫人，覺得所生的趙王如意更像自己一些。因此，一直有更換太子的念頭。歷朝歷代，開國皇帝之後的接班問題，一直很麻煩。大家不知道有無留意過：中國自周代以後，仔細算來，幾乎每個開國君主之後的第二個皇帝總會出些大狀況。那是非常傷腦筋的問題。大樹底下，總是一片陰影。這問題之棘手，還牽涉到開國功臣。總之，劉邦不滿惠帝，想換太子，這不僅事關惠帝，還牽涉到呂后。畢竟，一旦惠帝被廢，將來母子二人恐怕連性命都難保。精明幹練如呂后，當然不可能坐以待斃，於是就叫她的兄弟呂澤劫持留侯，逼張良出計策。呂后相信，聰明如張良，肯定會有法子。

但張良聽了一聽，搖搖頭，這種骨肉之事，旁人說不上話，所以，二十二小頁第七行，**留侯曰：此難以口舌爭也**。嘴巴說沒用，這根本是情感之事，再多的道理都無效。可是，呂澤逼他非出個點子不可，所以張良才說，**上有不能致者，天下有四人**，當今天下，有四個皇上搞不定的人，亦即商山四皓；那四個七、八十歲的老先生，德高望重，皇上曾想徵召他們，卻遭到拒絕；因為老先生看不慣皇上，**皆以為上慢侮人，故逃匿山中，義不為漢臣**。這事皇上滿在意的，如果你們有辦法**無愛金玉璧帛，令太子為書，卑辭安車**，把商山四皓請來，那就可能有所幫助。後來，呂澤果真請來了商山四皓。

不多久，黥布造反，劉邦病重，原擬指派太子去攻打黥布。一聽此事，商山四皓知道事態嚴重：太子本來仁弱，非領兵之才；底下那群功臣，個個豺狼虎豹，輩分又比他高，很難駕馭得了。一旦戰敗，聲望驟降，太子地位就更岌岌可危。即使僥倖獲勝，對太子也沒任何實質幫助。因此，**呂后承間為上泣言**，呂后就跑去劉邦那邊哭哭啼啼，劉邦一聽，罵道：**吾惟**

豎子固不足遣，而公自行耳。我就知道，那個豎仔根本不行，老子我（恁公）自己去！

劉邦當時病得很重，出兵幾乎是抬著去的；大部分時間就躺在車上，但還是可以做決策。因為皇上御駕親征，文武百官都送到霸上，二十六小頁第一行，留侯病重，也撐著病體相送，對劉邦說：**臣宜從**，按理說，我應該跟隨陛下，可是**病甚**，我也病得嚴重。**楚人剽疾，願上無與楚人爭鋒。**陛下別和黥布硬碰硬。重點在後面：**因說上曰：令太子為將軍，監關中兵。**張良請劉邦令太子當上將軍，關中的軍隊由他監護。這時劉邦接了一句話：**子房雖病，彊臥而傅太子。**你雖然病重，還是勉強幫我照料一下太子吧！

是時，這時候，**叔孫通為太傅，留侯行少傅事。**張良因為病重，掛名少傅，可以多少照看一下太子。**漢十二年，上從擊破布軍歸，疾益甚，愈欲易太子**。劉邦討伐黥布歸來後，病情益加嚴重，自知不久人世，更換太子的決心就更為強烈。這時，**留侯諫，不聽**。我們第一次看到張良如此吃癟。看來，此事確非口舌所能爭。劉邦不聽，留侯**因疾不視事**，張良知道再說也沒用，就開始請病假，暫時不管這事了。結果，**叔孫太傅**，就是叔孫通，**稱說引古今，以死爭太子**。叔孫通身為太傅，有責任據理力爭，於是引古論今，講了一堆道理，甚至還以死相拚，無論如何都要保住太子。結果，**上詳**（詳就是佯）**許之**，因為叔孫通句句在理，又極度激烈，劉邦說不過他，也惹不起他，就假裝聽他的，可是，劉邦終究不死心，**猶欲易之**。

最後，一回劉邦宴會，太子身旁站著商山四皓。四人**鬚眉皓白**，**衣冠甚偉**，個個相貌非凡。劉邦看了詫異，問四人是誰？聽說是商山四皓，劉邦嚇一大跳。這才「發現」，原來太子羽翼已豐，名望高到連他搞不定的商山四皓都願意侍立一旁。商山四皓還明白言道：**陛下輕士善罵，臣等義不受辱，故恐而亡匿**；然而，**聞太子為人，仁孝恭敬愛士，天下莫不延頸欲為太子死者**。太子既然羽翼已豐，劉邦這時再行更換，豈不動搖國本、拿大漢江山開玩笑嗎？高祖這才「發覺」，大勢去矣。所以，指著商山四皓離去的身影，對戚夫人說：**我欲易之，彼四人輔之，羽翼已成，難動矣！**如此看來，**呂后真而主矣**，呂后就是妳的主人，這已無法逆轉了。

這時，**戚夫人泣**，劉邦看著她哭，一時也說不出話來，隔了片晌，**上曰：為我楚舞，吾為若楚歌**。劉邦慘然**歌曰：鴻鵠高飛，一舉千里。羽翮已就，橫絕四海。橫絕四海，當可柰何。雖有矰繳，尚安所施！**鴻鵠既然已能橫絕四海，縱使有了「矰繳」，又有何用呢？（「矰」是專門射鳥的弓箭，「繳」是箭後所綁的絲帶。射鳥之後，得有一條「繳」線，才能循線找到鳥兒）**歌數闋，戚夫人噓唏流涕，上起去，罷酒。**喧騰多時的廢立太子，到此，塵埃落定。**竟不易太子者，留侯本招此四人之力也。**

這事自始至終，張良其實也沒做啥，不過，就是提了個建議。但也就這一個建議，事情整個翻轉了。這裡面，有人力，也有天意。張良自己能料得準最後的翻轉嗎？說實話，張良再怎麼神，大概也還是有那麼些說不準。這事只能盡人事、聽天命。天人之際，得從這角度來看。許多事情做了，固然可以期待結果；但更多時候，還是得少一些期待，多一些順其自然。畢竟，人不可以目中無人，也不應該目中無天。我們目中有天，就知道事情不是努力了就該有成果；人只能盡力，至於成不成，在天。如果天意注定惠帝活該被換，那也只能被換。我們就盡盡人事罷了。唯有如此，在天人之間，才能夠有一個平衡。否則，人愈是努力，生命常常就愈焦慮。這焦慮的本質，是因為目中無天。也就是這個緣故，孔子說，「君子有三畏」，其中之一，就是畏「天命」。

太史公評張良

接著，看「太史公曰」，第三十小頁，**太史公曰：學者多言無鬼神，然言有物。至如留侯所見老父予書，亦可怪矣**。司馬遷講得很好，他只說：欸，這件事挺奇怪呢！至於到底有沒有？是真還是假？他始終也沒說清楚。這跟孔子的「敬鬼神而遠之」、「祭神如神在」，是同一種態度。很模糊，但是，也很健康。然後，**高祖離困者數矣，而留侯常有功力焉，豈可謂非天乎**？劉邦好幾次脫困，都是因張良之功，可是，這難道不也是天意嗎？剛剛講了，這不是張良說了算，也不是他盡力就可以做得到。這裡頭還有非常多的條件、非常多不可思議的因緣俱足，才會有這樣的結果。

這因緣的匯集，就是屬於天的部分。人不能貪天之功，把功勞都攬到身上。

接著，**上曰**，劉邦說：**夫運籌筴帷帳之中，決勝千里外，吾不如子房**。聽高祖這麼說，**余以為其人計魁梧奇偉**，我直覺這麼一個能決勝千里之外的人，應該長得很魁梧而奇偉。可是，**至見其圖**，當我看到他的畫像時，卻發現**狀貌如婦人好女**，長得很秀氣，簡直就像個女人。**蓋孔子曰：「以貌取人，失之子羽。」留侯亦云**。當初孔子說他以貌取人，失之子羽；現在，我以貌取人，也把留侯看走了眼。張良長得像「婦人好女」，這非常有意思。他之所以會那麼謙退，之所以常常以柔弱的姿態示人，還包括從來不會讓人疑忌，這都跟他生命那種陰性的特質息息相關。張良是一個非常神奇的人，非常有趣。

功成身退：知「止」的智慧

讀完張良，最後不妨和〈越王句踐世家〉裡的范蠡合參。范蠡協助句踐復國後，離開了越國，遠赴齊國；齊人聞其賢，以為相。這裡的「以為相」，到底是真的找他當了相國，還是只動了念頭想去聘他？我們不清楚。但重點在於，後來范蠡有一番感慨：「**居家則致千金，居官則至卿相，此布衣之極也。久受尊名，不祥。**」這段話非常經典。當個平民，擁有千金之富；當個官員，則位至卿相；這樣的際遇，以一介布衣而言，也算是極致了。「布衣之極也」這話很眼熟，大家記得吧?!張良也說過這話。

張良跟范蠡，真是太像了。他們二人，代表了中國文明非常重要的一條主軸，就是黃老的傳統。這恰恰與儒家的傳統形成中國兩個最重要且相互補足的主流。黃老與儒家是合則兩美、離則兩傷。宋儒最大的問題，就是過度獨尊儒家，把黃老摒除在外，中國文化才從此衰落。

在范蠡的身上，我們可以看到黃老極鮮明的生命型態。黃老很會講「此布衣之極也」這類的話。他們最明白什麼叫做「功成身退」；時機過了，就該退；要退之前、在幡然轉身之前，就得先踩剎車。大家知道，車子要大轉彎，得先減速；不減速就轉彎，是會翻車的。范蠡說「布衣之極也」，那是要幡然轉身之前的剎車。

目前全世界有個根本的大問題，就是沒有辦法「止」，踩不住剎車。尤其整個西方的架構，不僅踩不了剎車，還永遠在加速前進；明明前面已經是山壁了，還一直在催油門。這時回頭去看儒家、佛家，尤其黃老，都在教大家這個「止」字。如果我們沒辦法把這樣的智慧結合現實的制度與政治力的話，這世界大概只有完蛋一途。

我和很多談中國文化的人比較不一樣的地方是：真正要「止」，就不能每天只談道、談德、談主體。談這些，當然是好，可必須要結合一個現實的架構，需要有政治力。如果沒有結合政治力，這些都是白談。可話說回來，政治力也必須再重新回到儒釋道的根本，才不會變成助紂為虐。現在談儒釋道的人，比較沒去照顧到這一層。

相對於台灣自我感覺良好地死抱著所謂「民主」，目前大陸有一群比較有心的人已然意識到，中國的政治不應該橫向移植西方，可是，他們又知道現在的中共體制問題也很大。在這兩者之外，還有沒有其他可能？這就是個很大的問題。大家現在已能逐漸承認，談文化，最終，仍得以中國文化為根本，西方的東西只能參考。既然如此，為什麼政治不是這樣呢？

政治同文化一樣，必然也要以中國為主體，中國有中國的制衡之道。講到「制衡」，腦袋裡面不能只有西方的「三權分立」，像劉邦廢太子卻始終不能如願，這裡頭，是不是必然有些中國式的制衡？除此之外，中國式的制衡可以包括種種的「禮」，包括唐代的三省制度，包括諫官制度，包括史官制度，甚至還包括漢文帝對於天地異象的敬畏，那統統都是制衡。只要跳脫西方思維、虛心地看待傳統，就會找到許多中國的制衡方法。這些方法，當然不必照單全收，但他們的參考價值絕不會低於所謂的「三權分立」。今天我們弄三權分立，到最後，自然會有立法院那種模樣。立法院到底是誰制衡誰？說白了，就是綁架。即便是美國，任何一個大財團都可以輕易買通一批國會議員，進而對政府施壓；甚至不必透過國會議員，直接干預政策。西方所謂「制衡」，說白了，一直就是資本家影響政府（甚至操縱政府）的說詞，只不過大家不願承認罷了！

在這樣的架構裡，是永遠不可能踩剎車的。資本家只會逼著政府拚命催油門、拚命刺激消費、拚命加速往山壁撞。儒釋道三家的剎車系統真要發揮影響力，就不可能建立在這種資本家「制衡」政府的政治架構之下。這一層，是我們讀張良、范蠡之後不能迴避的關鍵問題。咱們就講到這裡。

九歌文庫 1231

天人之際

——薛仁明讀史記 2

作　　者	薛仁明
特約編輯	施舜文
創 辦 人	蔡文甫
發 行 人	蔡澤玉
出版發行	九歌出版社有限公司 臺北市 105 八德路 3 段 12 巷 57 弄 40 號 電話／ 02-25776564・傳眞／ 02-25789205 郵政劃撥／ 0112295-1
九歌文學網	www.chiuko.com.tw
印　　刷	晨捷印製股份有限公司
法律顧問	龍躍天律師・蕭雄淋律師・董安丹律師
初　　版	2016 年 7 月
定　　價	320 元

書　　號　F1231
I S B N　978-986-450-071-0
（缺頁、破損或裝訂錯誤，請寄回本公司更換）

國家圖書館出版品預行編目資料

天人之際：薛仁明讀史記. 2 / 薛仁明著.
-- 初版. -- 臺北市：九歌, 2016.07
面；　公分. -- (九歌文庫；1231)

ISBN 978-986-450-071-0（平裝）

855　　105009666